UN BESO DE DESPEDIDA

Un Beso de Despedida es creado por Oswaldo Molestina.

ISBN: 978-9942-36-977-2

Autor: Oswaldo Molestina.

CAPITULO 1.

EL BAR – 1:00 AM

Febrero 14 del 2001.

Un elegante hotel de la ciudad de Nueva York tiene un espectacular bar en el lobby. Desde la calle puede observarse, a través de sus enormes ventanales, el gran bar central.

Rodeado de siete mesas para cuatro personas, cada una con una lámpara de luz tenue, dando poca iluminación al lugar, era el ambiente perfecto para una velada inolvidable. Era una fría noche; dos de las mesas estaban ocupadas, en una se encontraba lo que parecía una feliz pareja tomando unas bebidas, y en la otra estaba un hombre solitario, perdido en su celular.

En el centro del bar estaba la barra. Era grande, con siete bancos, en cuya esquina estaba, hacia adentro, la caja registradora. Atrás de la barra lucía una majestuosa pared iluminada formada de cuatro pisos repletos de las mejores botellas; y entre esta pared y la barra, se encontraban Verona y Nicole, dos encargadas del lugar que se estaban preparando para cerrar su atención al público debido a la hora. Era la 1:00 am.

Verona, una atractiva mujer de pelo castaño con un peinado elaborado, llevaba puesto un elegante y muy sensual vestido negro a la altura de la rodilla. Daba la impresión de tener todo bajo control y ser una persona muy fuerte; sin embargo, sus ojos dejaban ver cierta tristeza que demostraba que no estaba pasando por un buen momento, pero sólo los más cercanos a ella podrían percibirlo. Nicole, una pelirroja atractiva y despreocupada, también llevaba puesto este elegante vestido que las hacía ver de maravilla a las dos; era el uniforme del bar.

Nicole se acercó a la caja registradora para tomar las propinas que los clientes le habían dejado, y vio que en la caja registradora había algo más allá de las propinas que pretendía recoger... Pero no se molestó en preguntar, ella sólo pensaba en cerrar el bar e irse a su casa. Había sido un largo día.

Nicole se acercó a Verona y le comentó: "Sí sabes que no tendrías que estar aquí, además ya estamos cerrando..."

"Yo sé, sólo quería ayudarte. A veces sólo pienso a dónde le gustaría llevarme el destino", dijo Verona.

"El destino lo haces tú, querida", le advirtió Nicole.

"También lo sé; uno mismo es responsable de la propia felicidad", hizo una pausa y dijo, "Ya sólo quedan esas dos mesas para irnos..."

"¿Sólo esas dos mesas, dices? Recuerda que la política del bar es que nosotros podemos cerrar la entrada, pero no podemos sacar a nuestros clientes", se quejó Nicole.

"Lo sé, pero es cuestión de ponerles la cuenta y ellos solos buscan su camino; a lo mucho, estarán una hora más".

"Ok, voy a ver si se les ofrece algo más y de una vez les llevo la cuenta".

Nicole fue donde la pareja, les preguntó si querían algo más, ellos pidieron cada quien una bebida y solicitaron la cuenta. De ahí, Nicole inmediatamente fue hacia la mesa del hombre solitario y le dejó la cuenta. El hombre la miró y le agradeció; Nicole sonrió.

Verona estaba comenzando a limpiar el lugar sacándole brillo a la barra, y mientras hacía eso, vio como Nicole pasaba frente a ella y le dijo: "Me voy a cambiar, ¡si dejan propina no te la quedes!" Sonrió y se fue por un corredor donde procedió a cambiarse.

Verona continuó limpiando y arreglando todo, y mientras se dirigía a cerrar la puerta para no permitir el ingreso a nadie más, su vestido negro se enredó con una mesa que estaba en el camino y se cayó un florero de vidrio que tenía una flor; un vaso cayó en el piso y se rompió en algunos pedazos.

La pareja y el hombre solitario levantaron sus miradas y encontraron a la chica con sus manos sobre la boca. "Definitivamente hoy no es mi día... ¡Todo ha salido mal!"

Desde los vestidores se escuchó un grito de Nicole, "¿Verona, estás bien?"

"Sí, todo está bien, sólo que me enredé con la mesa y se ha caído un florero y un vaso... tranquila, yo me encargo..."

Verona se dirigió al bar, dejó la rosa sobre la barra y mientras trataba de buscar un recogedor de basura, después de un par de minutos de intensa búsqueda, se levantó con la pala y se encontró con un hombre blanco, de expresivos ojos verdes, pelo negro, sentado en la séptima silla de la barra, con un finísimo traje de etiqueta.

Verona no pudo evitar suspirar al verlo, ya que no debió haber entrado nadie más. Y mientras se acercaba para decirle que no debió venir, Nicole apareció ya transformada, con su chaqueta y unos jeans, y le dijo: "Ya estamos cerrando, no deberías estar aquí".

Verona miró a Nicole, "Deja, yo me encargo, además todavía no se va la pareja, ni tampoco el hombre solitario..."

Mientras Nicole caminaba hacia afuera, estando de espaldas al recién llegado, le preguntó a Verona en voz baja, casi a señas: "¿Estás segura de quedarte?"

Y ella, haciendo un movimiento de afirmación con la cabeza, le respondió tranquilamente. "No te preocupes, aquí yo cierro... yo me encargo..."

"Ok Verona, suerte... la vas a necesitar..."

Verona, sin decir nada, fue a recoger los vidrios rotos que estaban en el piso. Una vez que los sacó rápidamente a la basura, se dirigió a cerrar el ingreso, poniendo un cartel que marcaba el horario de atención, frente a las dos grandes puertas del acceso al bar del hotel.

Luego se acercó a la barra, se lavó las manos, y mientras se dirigía a la caja registradora, el hombre vestido de smoking, le dijo:

"¿Me podrías brindar un whisky en las rocas?" Y mientras decía eso, sacaba de su billetera un fajo de billetes de cien. Tomó uno y lo puso sobre la barra, a un lado de la rosa.

Ella lo miró, "Lo siento de verdad, pero ya estamos cerrando y quisiera dejar las cosas claras..." Abrió la caja registradora, mientras él, con la mirada al frente, observando la pared de cuatro pisos con todas las botellas, le dijo: "Mi nombre es Rick, me gustaría conocerte, necesito hablar con alguien y en estos momentos sólo me gustaría beber un whisky en las rocas".

Ella, extrañada, preguntó: "¿Quisieras conocerme?"

Él la miró a los ojos y, con una sonrisa, le dijo; "Con tal de tener ese whisky en las rocas y que me escuchen, yo estoy bien. Igual no pienso quedarme mucho tiempo..."

Ella se acercó, agarró el billete de cien, lo puso en la caja registradora, y él le dijo: "No me des el cambio, uno es ninguno."

Ella lo miró, suspiró de nuevo, y comenzó a preparar el whisky de Rick.

"Ok Rick, ¿cuál es tu historia?"

Rick agarró el vaso y se tomó todo el whisky de un solo trago.

"¿Cuál es mi historia? Y se comenzó a reír; fue una leve sonrisa. "Digamos que es una de esas historias un poco complicadas..." Y en eso agregó:

"¿Me podrías servir otro whisky?, pero esta vez ¿le podrías poner amaretto?"

"¿Amaretto al whisky?"

"Así es..."

Verona retrocedió un paso, se dio la media vuelta, preparó otro scotch en las rocas, lo puso en frente de él y le preguntó: "¿Estás seguro que quieres que le ponga amaretto?, esta bebida te costaría el doble".

"No te preocupes por eso", dijo él.

Ella se dirigió a agarrar la botella de amaretto. Se acercó con la botella y le volvió a preguntar "¿Estás seguro?"

"Es un *padrino.*"

"¿Un padrino? No entiendo."

"El coctel, el scotch con amaretto se llama *El Padrino.*"

"No sabía la verdad, no es un coctel muy común", dijo, cansada.

"No lo es. Ciertos bares lo tienen o saben de él, es muy sencillo..."

Mientras ella vertía el amaretto lo miraba, ya que no estaba segura de la medida.

"Ponle la misma cantidad de amaretto que le pusiste de whisky."

Ella sirvió de acuerdo a lo que le decía Rick.

Y mientras él volvía a recibir su trago con su mano izquierda, le dijo "El amaretto es un trago que combina el dulzor del albaricoque con el amargor de las almendras, haciendo un licor dulce con su olor a vainilla. En cambio, el whisky es un trago intenso y fuerte hecho a bases de grano en Escocia. La unión de estos dos crea este elegante coctel".

Rick tenía el codo sobre la mesa, y *El Padrino* elevado a la altura de sus ojos.

La miró fijamente y le dijo "¿Quisieras probarlo?", lanzándole una pequeña sonrisa.

Ella sonrió preguntándose qué buscaba en realidad él ahí y le dijo "Estoy en horas de trabajo".

"No, no lo estás, ya estaban cerrando... podrías sólo probarlo..."

Ella se hizo a un lado y miró a la pareja y al hombre solitario que estaban en el bar, y parecían no estar al tanto de lo que estaba pasando. Luego sonrió y le dijo "Sólo porque la curiosidad mató al gato".

"El gato cuántico", dijo Rick.

"¿El gato cuántico?" preguntó extrañada.

"Algo sin importancia; no pasa nada..."

Con sus dos manos, Verona agarró el trago de su mano, rozando sus dedos, y la sonrisa que estaba en la cara de Rick fue desapareciendo, mientras en el rostro de ella, comenzó a nacer una nueva sonrisa, que mostraba completa alegría.

Verona dirigió el trago a su boca, y le dio un pequeño sorbo. "Una receta muy simple que envuelve una gran complejidad de sabores", dijo.

"Así es", le contestó Rick. "Es considerada una de las mezclas más masculinas en el mundo de los cocteles".

"O sea que a este no hay que ponerle paragüitas", y comenzó a reír.

"¡Cómo vas a creer! Claro que, si alguien le pusiera un paragüitas, no me voy a resentir, simplemente pensaría que no sabía cómo prepararlo".

"Es verdad, pero en todo caso, muy bueno. Sabes, a mí me gusta mucho el amaretto", le comentó ella.

"Lo sé... se nota cómo lo disfrutas..."

"¡Cuánto lo siento!, ya me había apoderado de él. Toma, aquí tienes tu trago".

En eso, él acercó su mano derecha para agarrar la bebida, y al estirar su mano, ella logró ver que estaba ensangrentada.

Ella, admirada, se acercó, agarró su mano y le preguntó: "¿Estás bien? ¿Qué te ha pasado?"

"No te preocupes, es un pequeño accidente... o milagro, que he tenido camino aquí..."

Ella fue hacia el cajón que estaba debajo de la caja registradora, y dijo: "Por aquí estaba, hace un rato lo vi..." Y logró ver al fondo un botiquín de primeros auxilios; se estiró por él, pero no lo alcanzaba. Y comenzó a meter su cuerpo para tratar de alcanzar el botiquín.

Mientras trataba de alcanzarlo, Verona expresó: "¿Milagro?"

"Así es..."

"¿No quisieras que te ayude?" le preguntó Rick, mientras se levantaba de su silla y sacaba un sobre de su chaqueta, la billetera y el celular. Puso todo sobre la barra y se comenzó a quitar el saco del smoking, y a subirse la manga de su brazo derecho, y con la mano ensangrentada se limpió y comenzó a arremangarse la de su brazo izquierdo, muy lentamente. Mientras tanto, él la veía de medio cuerpo metida debajo del bar.

"¡Ya lo alcancé!" Y al salir, frente a ella se encontró la mano de él, y escuchó que le decía "Vamos preciosa, dame esa mano para ayudar a levantarte".

Ella sonrió y se levantó, cargando un botiquín. "Ahora déjame ayudarte a ti", le dijo.

Rick fue y se sentó en su puesto, mientras ella sacaba el alcohol y le limpiaba para desinfectarlo.

"¿Cómo te ha pasado esto? Y ¿a qué te refieres con que sucedió un milagro?"

"Antes de contarte mi historia de la mano, o del milagro de que siga aquí, me gustaría saber cómo te llamas…"

Ella lo miró, muy seria… por unos segundos se quedó callada. Él la miró, e insistió: "Por favor, ¿Cómo te llamas?" Mientras agarraba la rosa que estaba sobre la barra del bar, y se la daba.

"Verona", le contestó, muy seria mientras miraba la rosa.

"Verona, veo que no quieres jugar…"

"A veces hay que tomarse las cosas en serio, tienes una mano ensangrentada y golpeada; no es momento para estar coqueteando…"

"Siempre es momento para sonreír", dijo Rick, sonriendo.

Ella estuvo concentrada en limpiarle la mano, además de ponerle un esparadrapo para tapar esos pequeños cortes que todavía sangraban.

"No creo que sean cortes profundos, pero son muchos cortes…"

"Tranquila, los accidentes pasan. Ya sanará mi mano; hay otras heridas que aún no han sanado de tan terrible golpe…"

Ella lo miró y le dijo, "Ahora sí, ¿me vas a contar qué te ha sucedido en la mano?"

"Claro Verona. Todo comenzó porque ayer era el día más feliz de mi vida…"

En eso, el hombre solitario se dirigió a él, e interrumpiéndolo, le dijo: "Disculpe señor, aquí esta la cuenta, pero… me gustaría ordenar otro trago…"

Rick se le quedó viendo como desconcertado, en eso se miró en el espejo y vio que estaba con la camisa remangada y una corbata de lazo.

Sonrió y le dijo: "Yo no trabajo aquí".

"Ah, discúlpeme. He estado escuchando parte de la conversación", se dirigió a la chica y le dijo: "¿Me podría dar uno de estos?", señalando el *padrino.*

"Por supuesto, yo se lo llevo inmediatamente termine aquí", dijo con amabilidad. "Muchas gracias", y se fue a sentar a su mesa.

Le terminó de curar la mano e inmediatamente comenzó a preparar un *padrino* para el hombre solitario. Rick, con su mano buena, desató el nudo de la corbata de lazo, dejándosela colgada sobre su camisa, y desabrochó dos de sus botones. "Al fin ya puedo respirar mejor..."

Ella lo vio, y sonrió ante su comentario.

Rick, mientras la veía de espalda preparando el coctel, le dijo: "Como decía hace unos momentos, ayer fue el día más feliz de mi vida..."

Agarró su *padrino* y se lo tomó de una.

La pareja levantó la mirada, mientras que el hombre solitario se atrevió a preguntar. "Si ayer fue el día más feliz de su vida, ¿Qué hace usted aquí?"

Él se quedó callado y le dijo a Verona "¿Me podrías servir otro *padrino*, por favor?"

Ella notó que su estado de ánimo cambió un poco y, en silencio, le sirvió su coctel.

Él se sentó dándole la espalda a ellos y, mientras agarraba el *padrino,* le dijo con tristeza: "Hace unas horas, a las ocho de la noche de ayer, 13 de febrero, tenía que suceder algo que no sucedió..."

El hombre solitario vio a Rick mientras se doblaba más del dolor. Y Rick agregó,

"Ayer era el día en que yo me casaba."

CAPITULO 2

LA DESPEDIDA DE SOLTERO – 7:00 PM

Febrero 13 del 2001 - (La noche anterior).

Mientras Rick se arreglaba en un departamento ubicado en los mejores complejos de la ciudad, y uno de los más costosos de Nueva York, se miraba en el espejo y notó que su reloj marcaba las siete de la noche. "Estoy tarde", dijo, mientras se cepillaba los dientes y mostraba una gran sonrisa en su rostro. Tenía puesta la música a todo volumen; al irse afeitando, disfrutaba cada segundo, pensando "he esperado con ansias este día".

"¿Ya estás listo?" Se escuchó a una mujer desde otro cuarto.

"No Sophia, aún no…"

"Vas a llegar tarde; y nadie quisiera llegar tarde. No pienso ser la responsable de que no llegues a tiempo…" Mientras estaba Sophia esperando en la sala del departamento, dejó sus copias de la llave del departamento de Rick en la mesita, a lado del sofá.

"No voy a llegar tarde, tengo todo calculado; así que tranquila…"

"Yo siempre he sido puntual. No me gusta llegar ni un minuto tarde", decía Rick, mientras se terminaba de afeitar.

En eso apareció su cara a un lado de la puerta, viéndola a ella. "¿Sophia? ¡qué guapa estás!" Mientras la veía en un elegante vestido negro, con un collar de brillantes que nunca le había visto, y con un maquillaje tan perfecto que casi ni la reconoció.

"Gracias", dijo sonrojada Sophia. "Lástima que no puedo decir lo mismo de ti. ¡Vístete rápido!"

Rick salió del cuarto con su pantalón puesto y una toalla sobre sus hombros.

Sophia se quedó callada y al verlo, le dijo como nerviosa, "Rick, vas a llegar tarde, ya todos tus amigos están ahí..." Y ella comenzó a dirigirse al ventanal de la sala.

"Sophia, no va a pasar nada mientras que el padrino no haya llegado", y mientras lo decía, una sonrisa le volvía a salir en su rostro. Él estaba tan feliz, que nada parecía preocuparle...

Sophia sonrió, "Jamás entenderé por qué me escogiste a mí como tu padrino, teniendo a cualquiera de tus amigos... Pudiste haber escogido a Christian..."

"Sophia, es verdad que cualquiera de mis amigos pudo interpretar ese papel; sobre todo, Christian. Después de todo, ellos son como mis hermanos, pero ninguno es mi mejor amiga como tú lo has sido".

Sophia sonrió. "Sí, yo soy tu mejor amiga y eso te ha costado tu despedida de soltero".

"Bueno, igual la despedida de soltero es un evento más para los amigos... en algunos casos..."

"¿Y en el tuyo?"

"No, yo hoy me voy a casar con la mujer de mi vida. No necesitaba despedirme de nada; ya suficiente he vivido..."

"Me lo dices a mí. ¡Siempre fuiste terrible!"

"Bueno, pero era un hombre soltero, estaba justificado…"

"¿Quieres apurarte? ¡Ve y termina de vestirte ya!"

"Bueno, bueno…"

"Vas a llegar tarde, en menos de una hora te vas a casar y sigues aquí, desperdiciando el tiempo conmigo…"

Rick regresó del cuarto y le dijo "Nunca he desperdiciado el tiempo contigo. Cada segundo que conversamos lo vale".

Sophia esperó afuera del cuarto mientras Rick se terminaba de arreglar. Habían pasado diez minutos cuando Sophia vio angustiada el teléfono. "¡Apúrate! Ya el carro que nos va a llevar está esperándonos abajo".

En ese mismo momento se abrió la puerta y salió Rick vestido.

"Estoy listo", dijo; mientras Sophia se quedaba impactada de verlo tan apuesto. Sus expresivos ojos verdes brillaban especialmente ese día, tanto que tuvo que contener el aliento y voltear disimuladamente a otro lado.

En ese instante pasaron imágenes por la cabeza de Sophia. Imágenes que no debería pensar, recuerdos que en ese momento era mejor evitar. Ella sólo deseaba lo mejor para él, sin embargo, no estaba segura de que él estuviera haciendo la mejor elección, sobre todo siendo para toda la vida…

"¿Cómo me veo?"

Sophia volvió en sí, se le acercó y mientras le arreglaba el corbatín, le dijo: "¡Como un hombre que está a punto de casarse!"

Él se le quedó viendo, y Sophia le dijo: "Vamos, vamos… no perdamos más el tiempo, ya nos deja el carro. Por cierto; te dejé las copias de las llaves de tu departamento en la mesa, para que de una vez las tengas".

"Pero son tus llaves…"

"A partir de hoy, son de alguien más…"

Los dos se dirigieron al ascensor, aplastaron el botón para bajar, y esperaron sin decir una sola palabra. Se abrió la puerta del elevador, entraron, y mientras bajaban los cincuenta pisos, se sentía un incómodo silencio.

"¿Estás nervioso?", le preguntó Sophia mientras lo veía muy tenso.

"No, todo tranquilo."

Sophia sonrió, "¿Cómo me vas a decir que no estás nervioso?, te conozco tanto, que sé que lo estás…"

"Pues te equivocas, no lo estoy."

"Sí claro, bueno es normal…"

"¿Qué es normal?"

"Que estés nervioso", dijo ella. Y vio que Rick tenía la mirada perdida…

"Sí ves, ¡estás tan nervioso que ni me escuchas!" Y Sophia se puso en frente de él y le regaló una enorme sonrisa.

"¿No deberías decirme las palabras de todo padrino?"

"¿Palabras de todo padrino? ¿Qué se supone que es eso?"

"Claro, tú deberías decirme: Si no estás listo para casarte, tengo listo el carro para salir de aquí y escaparnos".

"Ah, ¡yo tengo que decirte eso!" y sonrió mientras pensaba que sólo eso le faltaba.

"No decirme, más bien preguntarme…"

"Bueno, ¿y estás listo para casarte?… porque resulta que nos vamos a subir en un carro con chofer camino a tu boda…"

"¿Qué tipo de carro contrataste?"

"Una limosina. ¿Por? ¿Querías algo especial?"

"Una limosina… Ya sólo faltaba que dijera en algún lado *Recién Casados*", rio Rick.

Sophia se quedó callada.

"No me digas que le hiciste poner eso", dijo Rick, con una sonrisa sobre su cara.

"Pero no tiene nada de malo!", reía Sophia.

"Bueno, bueno…"

La conversación se interrumpió mientras se abrían las puertas del ascensor. Sophia y Rick se dirigieron al carro; en el camino, el conserje y el porta-maletero lo iban felicitando, y saludaban a Sophia con todo respeto.

Llegando al carro, el porta-maletero le abrió la puerta. El novio se hizo a un lado y le dijo a Sophia: "Las damas primero…" Ella sonrió, mientras entraba a la limosina, y en tanto él se acomodaba, le dijo: "Estoy listo para casarme, más que nunca… ¡Lástima que no tuve mi despedida de soltero!"

Sophia lo volteó a ver con una cara… "Bobo."

Los dos sonrieron.

Cerró la puerta del carro.

Les tomó cuarenta y cinco minutos llegar a la iglesia. El tráfico estaba insoportable, pero lograron llegar faltando cinco minutos para las ocho de la noche. Al salir del carro, el novio estaba lleno de felicidad, pues ya sólo faltaban cinco minutos para ver a la novia y poder contraer matrimonio con ella.

Al bajarse del auto, ciertos invitados que aún no entraban a la iglesia comenzaron a aplaudir y a felicitarlo; sus amigos estaban presentes, y sus familiares ya estaban en sus puestos, en su lado de la iglesia.

Sophia se bajó del carro y vio que sus amigos le decían cosas como: "¡Todavía hay tiempo!" "¿En serio estás decidido?" "Atrás tengo un carro esperando, por cualquier cosa..." Ella simplemente sonrió, y en su cabeza dijo: "¡HOMBRES!"

Todos saludaron a Sophia.

"Bueno, ¿tienes todo listo?"

"Así es, ¿tú?"

"Sí, aquí tengo los anillos".

"Y también tengo esto", y de su smoking, sacó Rick un sobre, mientras sonreía como un niño pequeño.

"¿Y qué es eso?" Preguntó Sophia, mientras todos sus amigos escuchaban atentamente.

"Bueno, son dos pasajes sorpresa para la mejor luna de miel que he programado para ella".

"Pero tú sabes que a ella no le gustan las sorpresas, además ¿No le habías dicho que por motivos de trabajo sólo se iban a Los Ángeles?"

"Así es, yo mismo compré los boletos con ella, por un periodo de tres días".

"¿Entonces?"

"Bueno, esa misma tarde llamé a Anne y cambié las fechas de regreso", dijo Rick, feliz.

"Y ¿por cuánto tiempo te vas?"

"Un mes..."

"¿Un mes?"

Todos los amigos decían comentarios como: "¡Bien!" "¡Esa es!" "¡No salgan del Hotel!" "¡Demuéstrale de qué estás hecho!" Mientras todos se reían, la palabra "patanes" rondaba por la cabeza de Sophia.

Ella, ignorando los comentarios de sus amigos, miró a Rick, "Si a mí me hubieran dado esa sorpresa, sería la mujer más feliz…"

"Si quieres hablamos con Anne y compramos otro pasaje más", le dijo con un tono de ironía. "¡Que estúpido que eres!" Mientras ella sonreía, los amigos le festejaban la broma.

Sophia, nerviosa, comenzó a escribir mensajes de texto en el celular para ver por dónde iba la novia. Mientras ella escribía, le preguntó la hora que saldría el vuelo para la luna de miel.

"El vuelo sale a las ocho de la mañana, hay que estar dos horas antes para hacer la documentación", dijo Rick.

"Si quieres yo los llevo…"

"No te preocupes, ustedes van a estar en la fiesta, despidiéndome. Hemos preparado de todo majestuosamente decorado, como a ti te gusta, y licor ilimitado como a ellos les gusta. ¡Hay que festejarlo a lo grande!"

Ellos saltaron de alegría, de la tremenda fiesta que iban a tener, pero ella no estaba tan animada.

"¿Qué te pasa?"

"No, nada, sino que he estado cansada, y voy a tratar de estar lo más que pueda en el evento, pero no me pienso quedar hasta muy tarde… por eso te digo que yo los pudiera llevar."

"Entiendo…"

Y ella medio sonrió.

"Bueno, igual te estoy llamando o escribiendo, en caso de que decidas irte… Aunque no lo creo porque voy a estar pendiente de ti toda la noche", le dijo Rick.

Cuando Sophia escuchó la palabra escribir, volvió a ver el celular, y notó que sus mensajes sí se enviaban, pero no tenía respuesta.

Y en ese momento sonaron las campanas dando las ocho en punto.

Sophia les dijo a todos sus amigos en común, "¡Ya vayan a sus lugares, que en cualquier momento llega la novia!" Todos abrazaron una vez más al novio y se fueron a sus puestos.

El último amigo que estaba por ingresar, Christian, se viró y le preguntó, "¿estás seguro? Tengo el carro atrás…"

Los dos se echaron a reír, y Rick le dijo: "¡Nos vemos en la fiesta para tomarnos todo lo que podamos!" Christian lo vio feliz, "¡Claro que sí!" Y se siguieron riendo hasta que entró a la iglesia. La Campana dejó de sonar.

Antes de la novia, sólo faltaban de entrar Sophia y Rick. Mientras todos los observaban, ellos conversaban en la puerta de la iglesia.

"Discúlpame por portarme como un patán diciéndote lo del tercer pasaje", dijo Rick.

"Tranquilo, yo te entiendo; tienes que quedar bien con tus amigos…"

"¡No es eso!" Se rio Rick. "Pero la verdad así hablamos entre nosotros, no significa que seamos patanes, al menos nunca delante de una mujer".

Sophia, seria, se le quedó viendo… "¿Y yo qué?"

"Bueno, tú eres Sophia, eres especial…"

Sophia hizo una pausa y le preguntó: "¿Estás seguro?"

"Sí, seguro que eres especial para mí."

"No, me refiero a que… ¿Estás seguro?" Mientras ella miraba la entrada de la iglesia.

"¡Más que nunca!"

"¡Ve y se feliz!" Ella sonrió.

Rick le dio un tierno beso de despedida en la mejilla, y mientras iba entrando a la iglesia, le dijo, "Gracias… Gracias por ser como eres.

Nunca cambies; por eso eres mi mejor amiga, por eso eres mi padrino, o podría decir, ¿madrina?"

Ella sonrió, le agarró la mano, y con la otra le señaló el altar.

Y mientras él la soltaba e iba caminando hacia el altar, ella en voz baja dijo:

"Gracias a ti", y trató de contener una lágrima.

En eso sonó el teléfono de Sophia.

Ella contestó en voz baja: "Hola, ¿Cómo van?"

Sophia trató de escuchar con atención lo que le querían decir por teléfono, pero el ruido de los carros y los cantos de la iglesia no le permitieron escuchar. Decidió entonces alejarse e irse por un costado de la iglesia, buscando el silencio.

"No escucho bien, ¿me lo puedes repetir?"

Sophia, ya en un lugar más callado, mientras atendía la llamada, sacó de su cartera un espejo y aprovechaba a arreglarse.

"Sí, ya está aquí..."

En eso dejó de ponerse el lápiz de labios y, sorprendida, exclamó:

"¿A qué te refieres con que no viene la novia?"

CAPITULO 3

LA LUNA DE MIEL – 3:30 AM

Verona estuvo intrigada con toda la historia que le estaba contando Rick. A pesar de que cada vez era más tarde, sólo quería saber más sobre él. Vio que el reloj marcaba las 3:30 AM, y ya no le importaba si se estaba haciendo tarde o no.

"¿Una luna de miel sorpresa?"

Rick levantó la mirada, sonrió y dijo: "Sí, una luna de miel sorpresa. Claro que a ella no le gustan las sorpresas, pero quizás quería sorprenderla una vez más, aunque ella fue la que terminó sorprendiéndome…"

Rick tomó un sorbo de su bebida, mientras seguía en la barra, dándole la espalda a la pareja y al hombre solitario.

"Y cuéntame Rick, ¿de qué se trataba esta luna de miel sorpresa?"

"Bueno, originalmente le dije que sólo era un viaje a Los Ángeles por unos días, pero era mucho más, mucho más que eso. Y quizás no tengo más tiempo para contarla…"

En ese momento Verona le dio la espalda, agarró la botella de whisky, la de amaretto, y las llevó frente a él. Se alejó, agarró dos vasos, se le acercó y comenzó a servir.

"Mientras esa pareja y el hombre solitario sigan ahí, tenemos tiempo de escuchar tu historia", sonrió ella.

El volteó a verlos y le dijo en voz baja, "¿si estás consciente de que lo que ves, no es realmente lo que ves? A veces las cosas no son lo que parecen..."

"¿A qué te refieres?" Preguntó Verona, intrigada.

"Ese hombre a quien llamas solitario, se ha pasado escribiendo en su celular toda la noche. Ahí donde lo ves, parece estar bien acompañado, mientras que la pareja, no se ha dirigido la palabra en todo este tiempo; sin embargo, escriben en el celular a alguien a altas horas de la noche..."

"¿O sea que tú me estás tratando de decir, que la pareja no está en sintonía y están conversando con otros dos, y el hombre solitario realmente ha estado acompañado toda la noche?"

"Existe una posibilidad de que sea así", dijo él, alzando los hombros.

"Sería triste si ese fuera el caso, pero igual sólo estás asumiendo; y no puedes saber la verdad sino hasta saber con quién están chateando realmente..."

"El gato cuántico", le dijo Rick.

"¡Otra vez con lo del gato cuántico! ¿Me puedes decir que es eso?"

"Rick se rio y le dijo: "Mientras ellos sigan aquí, vamos a seguir conversando, así que no hay apuro..."

"Ok, en todo caso estás asumiendo, no puedes saber la verdad aún", insistió Verona.

"Así es. Sin embargo, yo estoy dando una posibilidad más, a las diversas teorías que pudiera tener esa pareja", y con una sonrisa le repitió "a veces las cosas no son lo que parecen..."

"Bueno quizás si le preguntamos, saldríamos de dudas, y veríamos quién tendría razón, si tú o yo..."

"Podríamos preguntarle en este momento", y Rick se paró de la barra, y ella, sonriendo, lo detuvo del brazo. "No, no, déjalos, no es nuestro problema", dijo ella.

Él se volvió a sentar, agarró su *padrino*, levantó el brazo con el coctel y le dijo "¡Salud!"

Ella, sin quitarle la mirada de encima, sólo levantó el vaso y dio un ligero golpe vaso con vaso, sin decir nada, y se lo llevó a la boca dando un pequeño sorbo.

"La verdad que me ha gustado este coctel…"

"¿Sí verdad? A mí, en cambio, me ha gustado más la compañía."

Ella sonrió y le dijo: "Bueno, cuéntame de esta luna de miel sorpresa…"

"Para comenzar, como te había dicho, fui con Anne, que trabaja en una agencia de viajes, y ahí adquirí la luna de miel con mi futura esposa, que por cierto… sí dije que es la mujer de mi vida, ¿verdad?"

"Sí, sí lo dijiste…"

"Ok, en la tarde me llamó Anne para pedirme información del viaje".

"¿Información? ¡Pensé que habías dicho que tú la habías llamado!"

"Claro, la llamé después de que ella me llamó", dijo él. Verona tomó otro sorbo de su trago. "Esto se está poniendo interesante", dijo.

"No realmente, simplemente me llamó y me pidió el e-mail y mi dirección para enviar los pasajes por correo", y agregó: "Y fue en ese momento que le dije que era una coincidencia que hubiera llamado, porque justo estaba planeando llamarla para hacer un cambio".

"Continúa…"

"Al comienzo me dijo que no se podía hacer cambios, hasta que le dije que el plan de luna de miel lo iba a alargar por un mes…"

"¡¿Un mes?!"

"Sí, lo mismo dijo ella... Así que me citó para ir esa tarde, para programar la luna de miel sorpresa".

"Y, cuando fuiste, ¿qué pasó?"

"Bueno, nos sentamos a ver los tres destinos adicionales que quería..."

"Soy toda oídos", dijo ella.

"Bueno, antes de contarte los destinos, quisiera explicarte la razón de cada uno de ellos..." Rick hizo una pausa y dijo: "La primera vez que la vi, me quedé impresionado de admirar tanta belleza, pero no fue ahí cuando supe que era la mujer de mi vida, esa sólo fue la razón que me atrajo a ella..."

"¿Y cuándo fue que lo supiste?"

"Fue cuando crucé palabras con ella la primera vez, supe que estábamos destinados a estar el uno con el otro. Y ese fue el comienzo de una larga relación de cinco años".

"Pero, ¿sí sabes que eso es suficiente tiempo, como para llegar a conocerse en su totalidad?", dijo Verona.

"Aun así, supe desde el primer día que podría ser una relación que duraría toda una vida..."

"Quizás te equivocaste y por eso hoy estás aquí", dijo ella.

"Yo nunca me equivoco, al menos no en esto. Además, una pareja nunca realmente se conoce al cien por ciento, ni aún en muchos años más. Recién cuando uno se casa, comienza a descubrir cómo es la otra persona en verdad y se comienzan a acoplar como pareja..."

"Pero hay muchos divorcios en el camino, el cincuenta por ciento de los matrimonios está destinado al fracaso", argumentó Verona.

"Eso es porque la gente tiene miedo al cambio y no quiere ceder; no puede adaptarse bien a su pareja. Recuerda, el verdadero amor es el que uno todo da, sin esperar nada a cambio, si los dos piensan así, llegarán a estar juntos hasta que la muerte los separe..."

"No siempre es así", dijo ella.

"Simplemente lo es, es algo que tienes que creer."

"¡Es una lotería!", argumentaba Verona.

"Sabes, muchas personas piensan y sueñan sólo en ganarse la lotería, pero nunca compran un boleto..."

"O sea que me estás diciendo que uno sólo tiene que estar esperanzado en jugar a la lotería..."

"No, yo soy de los que trabaja para llegar a su destino, el boleto de la lotería simplemente es un camino de esperanza, de que sigues apuntando a que todo te salga bien".

"Entiendo..."

"¿Me entiendes? ¿De verdad?"

"Realmente no, pero trato de comprenderte..."

"Y eso es lo que importa", sonrió Rick.

"¿Y entonces a dónde era la luna de miel sorpresa?" insistió Verona...

"Quizás quieres decir, ¿a dónde es?"

"¿No la has cancelado aún?"

"No, este es mi boleto de lotería..."

Y abrió el sobre que había sacado de su smoking, y de ahí sacó dos pasajes a Los Ángeles, y dentro del pasaje había algo más.

"¿Qué es eso?"

"Es la luna de miel sorpresa..."

Ella lo abrió y se encontró con un crucero de catorce días con destino a la Polinesia.

"¿La Polinesia Francesa?"

"Así es..."

"¿Saliendo desde los Ángeles?"

"No, no. En Los Ángeles había que tomar un avión hasta la Polinesia, donde comenzaría el crucero..."

"¡Yo me hubiera vuelto loca en un barco por catorce días!"

"Claro, sólo que, en cada parada, nos quedábamos a dormir en el mejor hotel de cada isla, disfrutando de los diferentes búngalos que hay en la Polinesia".

"La verdad que suena como una gran fantasía hecha realidad..."

"Así es", y se tomó lo que quedaba de su coctel.

Ella le sirvió uno más... "¿Por qué ahí?"

"Bueno, para comenzar, a ella siempre le gustó la playa, pero debido a su trabajo, casi nunca puede ir... peor yo..."

"¿Y cómo es que esta vez sí podías ir?"

"Porque ella se lo merece, ahora ella es mi prioridad. El trabajo pasa a segundo plano; además ya conmigo, ella no tendría que trabajar nunca más en su vida, sino solamente ayudarme a seguir construyendo lo que yo he creado".

"¿Y ella sabrá hacer lo que tú haces?"

"No se trata de eso, si alguien es amado verdaderamente, puede lograr cualquier cosa; el amor es la energía que necesita el ser humano para salir adelante. Sí, es verdad que el camino nunca es fácil. A veces el camino hacia el éxito es un túnel con una escalera lleno de rosas con espinas. Pero ese camino se atraviesa juntos, muchos ni siquiera intentan cruzar el camino oscuro de espinas, algunos que lo intentan retroceden a la primera herida... Otros avanzan lo suficiente para quedarse atrapados a medio camino entre las espinas. Pero pocos, muy pocos... pueden incluso no ver las espinas, prefieren enfocarse en las rosas y siguen abrazados hasta el final, para encontrarse en la cima, siendo una pareja llena de cortes de espinas. Pero ya están ahí, en la cima. De eso se trata. De estar juntos en las buenas y en las malas. Apoyándose el uno con el otro hasta el final".

"¿Y ella es la persona con quien querías cruzar ese camino?, ¡al parecer se quedó en el primer escalón!"

"Uy ¡eso fue fuerte!"

"Sí perdón; no quise bromear con eso..."

"Te estoy molestando", y se rio con ella.

Él se quedó callado un rato, y luego le dijo: "Yo le extendería mi mano para que suba conmigo..." Hizo otra pausa, y agregó: "Y esperaría lo mismo de ella, si yo me quedo en algún escalón..."

"A veces las cosas no suceden como uno quiere", dijo ella.

"Sabes, la primera vez que salimos, ella no quería salir conmigo..."

"O quizás sí quería y no te lo dijo", insinuó Verona...

"Bueno, no lo sé, pero quizás ella pensaba que yo era una persona terrible..."

Ella sonrió, "¿Y es que acaso no lo eres?"

"¡Para nada! En todo caso, ella no quería salir conmigo. Ella no es muy arriesgada, a veces necesita un empujón para que se llene de seguridad. Y esa vez la convencí de salir y nos dimos nuestro primer beso... Y de ahí todo salió bien, ¡ni ella lo vio venir!"

"Hasta ahora, claro, quizás debiste dejarla ir..."

"¿Quizás? ¿Quizás no? Porque nadie me quita lo vivido con ella. Y yo no me arrepiento de nada, al punto que llegué a pedirle matrimonio..."

"¿Y cómo supiste que era tu momento?"

Y justo cuando Rick le iba a responder, el hombre solitario interrumpió por segunda vez. "Discúlpenme que los interrumpa nuevamente, vengo a pagar el coctel que pedí hace un rato..."

Verona recibió la tarjeta de crédito y mientras hacía la transacción, Rick se dio cuenta de que el hombre solitario se veía contento, y le dijo con una sonrisa: "Veo que fuiste el primero en irse..."

A lo que el hombre solitario le dijo: "Discúlpenme por haberme quedado hasta tarde, pero es hora de irme a mi hogar".

Rick vio a Verona, y volvió a ver al hombre solitario y le dijo "Discúlpame que te pregunte esto, pero nosotros hace un rato estábamos haciendo una apuesta de por qué estabas aquí verdaderamente..."

"No es su problema, mejor encárguense de sus propios asuntos."

"Discúlpame, no fue mi intención. Ya el efecto del alcohol me desinhibe", dijo apenado Rick.

Y mientras el hombre solitario se estaba marchando, se detuvo y les dijo: "He estado mucho tiempo fuera de casa. Han pasado treinta y ocho días, y hace un par de semanas comencé a intentarlo de nuevo. Y hoy hemos avanzado bastante, al punto que me ha pedido que regrese, justo en este momento mientras chateábamos toda la noche... Perdón por responderles así, pero estoy feliz".

"¡Felicitaciones!" le dijo Rick, y ella sonrió con el hombre solitario.

"Gracias... Saben, ustedes dos se ven bien juntos. Hay química entre ustedes..."

Verona y Rick se vieron y sonrieron, con una leve carcajada.

El hombre solitario se despidió de ellos, agarró sus cosas y se fue con una sonrisa en la cara, directo a su hogar.

Rick miró a Verona y le dijo: "Ahí van subiendo las escaleras de espinas, con un corte más, pero ahí van encaminados, superando los problemas".

"Veo que tenías razón con él", dijo Verona.

"Ellos van a lograrlo hasta la cima", él agachó su cabeza y tomó nuevamente el licor que quedaba en el vaso, hasta dejarlo vacío.

"Cuánto lo siento..." le dijo Verona con un poco de tristeza...

"No lo sientas, nunca me voy a rendir ante la mujer que amo".

Ella rápidamente decidió cambiar el tema y le preguntó "Bueno, y... ¿qué hay con Anne?"

"Mi ex, ¿qué hay con ella?"

"¿Tu ex? Veo que hay información que no me estás dando".

"Es solo una ex, tiempo pasado, verbo YA NO."

Ella se quedó pensativa y le dijo: "Verdaderamente eres terrible", y luego de una larga pausa, agregó... "¿Y qué hay con Sophia?"

"¿Qué pasa con ella?"

"¿Dónde queda Sophia en todo esto?"

CAPITULO 4

LA IGLESIA – 8:00 PM

Sophia trató de escuchar con atención lo que le querían decir por teléfono. Mientras se alejaba de la iglesia y del alboroto de los carros, "No escucho bien, ¿me lo puedes repetir?"

Ya en un lugar más callado, mientras atendía la llamada, sacó un espejo y arreglándose, dijo "Sí, ya está aquí..."

En eso dejó de ponerse el lápiz de labios y, sorprendida, exclamó: "¿A qué te refieres con que no viene la novia?"

Y mientras escuchaba lo que le decían, ella no podía creerlo, y con la mente en otro lado, dejó caer el espejo y el lápiz de labios al suelo. Sophia no se dio cuenta de la caída de sus cosas, su mente estaba a mil por hora pensando "esto no puede estar pasando".

"Me tienes que estar molestando... ¿Es en serio lo que me estás diciendo?, pero si son las ocho de la noche, ¡ya están todos aquí!"

Sophia sólo escuchaba atentamente lo que le decían al teléfono...

"Ok... ¿Entonces no hay nada qué hacer? ¿Ella no viene?"

Lentamente bajó el celular y terminó la llamada, sin decir adiós, a pesar de que ya se había despedido la hermana de la novia después de darle la trágica noticia.

Sophia bajó su cabeza y se llevó la mano a la cara. Mientras pensaba cómo decirle al novio, dio un paso y con el tacón del zapato rompió el espejo. Se agachó y agarró lo que quedaba de él, y tomó el lápiz de labios, los guardó en su cartera, mientras se dirigía a la entrada de la iglesia.

Caminando a paso lento, no le venía nada a la cabeza de cómo dar una noticia así, y cuando llegó a la puerta principal, Sophia vio la boda de sus sueños.

Majestuosa ante sus pies, estaba la enorme catedral situada en la mejor ubicación de Nueva York; en las bancas y pasillos no cabía ni un alma más, eran más de tres mil invitados. Había tanta gente que ni los mismos novios conocían a todos. Muchos invitados inclusive, estaban ahí por compromisos empresariales con la familia del novio.

Sophia se quedó impactada con la decoración. La hermosa catedral, construida en ladrillo revestido del más fino mármol blanco. Por un segundo vio los enormes ventanales... La gran iluminación con velas hacía que se apreciaran más los grandes arreglos de rosas blancas situados en el camino de la novia hacia el altar.

Era el más bonito camino que podría soñarse, camino que jamás cruzaría la novia. Y Sophia vio al final del pasillo, al novio.

Ahí estaba Rick con una sonrisa de punta a punta; ella jamás lo había visto tan feliz. Estaba tan feliz, pero tan feliz, que no había espacio para inseguridades, tenía total confianza en sí mismo, tanta que no podía ni imaginar lo que estaba a punto de descubrir.

Y era ella quien tenía que darle la noticia que sería el fuerte golpe que destrozaría su corazón latente. Él no se merecía eso, nadie se lo merecía...

Pero Sophia no tuvo que decir ni una sola palabra, bastó que él viera la cara de su mejor amiga. Y mientras Rick veía la angustia en ella, murmuró, "algo está mal..."

Sophia vio que la expresión de Rick cambió de ser el hombre más feliz del mundo, al más intrigado. Y lentamente comenzó a caminar hacia donde estaba el novio... y por un pequeño lapso, se imaginó caminando como la novia, mientras todos los invitados poco a poco volteaban a verla.

Pero inmediatamente esa imagen se desvaneció cuando vio la cara de preocupación de Rick, que estaba en el altar de la iglesia esperando a la novia. Una novia que jamás llegaría.

Sophia llegó donde el novio, le agarró las dos manos, y se comenzó a escuchar un murmullo entre los invitados.

"Ella está bien, ¿verdad?" Rick preguntó por la seguridad de ella, no podía ni imaginar que simplemente por decisión no estaba ahí...

"Si Rick, ella está bien, pero no va a venir hoy".

Al Rick escuchar eso, le salió una sonrisa, que inmediatamente desapareció, y le volvió a salir otra pequeña sonrisa que se obligó a forzar en su cara. "¿A qué te refieres con que no viene?"

Sophia no dijo ni una palabra, solo lo miró con una cara de tristeza que jamás había experimentado. Era como si ella pudiera ver su corazón destrozado a través de esa sonrisa helada.

Rick señaló a uno de sus amigos, y le dijo "¡Pásame mi celular!"

"Es que no sé dónde está el celular..."

"¡PÁSAME CUALQUIER CELULAR!" Dijo en un intenso grito.

Christian vio a Sophia y sacó lentamente su propio celular, y se lo dio a Rick.

En voz baja, Rick le dijo a su amigo "Discúlpame, no quería gritar, no sé qué está pasando..."

Rick comenzó a marcar el número de la novia, pero ella no le respondía. Cada instante Rick se desesperaba más e insistía... Después de algunos intentos, ya no entraba la llamada.

Rick utilizó el mensaje de texto y comenzó a escribir por cerca de cuatro minutos. Mientras tanto, los invitados comenzaban a murmurar aún más.

Sophia sólo lo miraba, mientras percibía que a Rick le estaba costando asimilar la situación. Fue entonces cuando ella no pudo contenerse más; sus lágrimas se deslizaban silenciosamente por su rostro.

Y cada lágrima que salió era una confirmación para Rick de que ella no vendría.

"No llores Sophia, ella va a venir, yo confío en ella. La conozco, sé cómo piensa, sólo necesita ese empujón..."

"Rick..."

"Sophia, ¡ella va a venir!"

"Ok Rick... aquí estaré a tu lado hasta que ella aparezca", y se le salían las lágrimas mientras hablaba.

"¡Ya lo leyó!" Dijo Rick "Ya está leyendo mi texto, ¡Va a venir!"

Mientras sucedía esto, algunos de los invitados de la novia comenzaron a pararse, y murmuraban cada vez más. Entre ellos, el padre y la madre de la novia parecían estar discutiendo en voz baja.

Sophia se dio cuenta que la madre de la novia tenía el celular en su mano. En eso cruzaron miradas y la mamá, haciendo un ligero movimiento de lado a lado, le insinuó que no iba a venir.

Al parecer, el padre de la novia no había tomado para nada bien la noticia. Se levantó y decidió salir de la iglesia abruptamente, mientras todos los invitados veían el show que se estaba ejecutando en plena iglesia.

La madre de la novia se dirigió hacia el novio, y le dijo: "Cuánto lo siento…" Rick no supo qué responder a eso… Sophia interrumpió la conversación, diciendo: "No se preocupe, vaya con su esposo, yo me encargo de informarle a todos".

La gente en la iglesia seguía esperando respuesta a lo que estaba sucediendo, por lo que Sophia se estaba acercando al centro del altar, para dirigirse a todos. En eso, Rick la detuvo ligeramente del brazo y le dijo: "Ella va a venir".

"Lo sé Rick, ella va a venir, pero en todo caso no necesitamos de los invitados, y ellos merecen saber lo que está pasando…"

Rick la dejó ir.

Sophia respiró, tomó tranquilamente el micrófono y anunció lo siguiente: "Hay un gran inconveniente, por el momento la novia no va a asistir a la ceremonia…"

La gente comenzó a hablar en voz alta, al punto que no se escuchaba nada, sólo un fuerte barullo. Se vieron caras de decepción y tragedia.

"¡La boda aún no está cancelada!" gritó el novio. Todos se callaron, mientras él decía "Yo la estaré esperando aquí", y se fue a parar en el puesto donde estaba originalmente esperando a la novia.

Eso puso a los invitados en una situación muy incómoda, muchos comenzaron a irse, la mayoría había decidido esperar hasta las nueve de la noche por respeto al novio.

Los familiares de ella fueron los primeros en desaparecer, seguidos de sus amigos.

El sacerdote seguía esperando y quiso ver qué estaba sucediendo con la pareja. Ya había transcurrido una hora; eran las nueve de la noche. Sophia sentía que moría al contemplarlo parado con la mirada fija hacia la puerta, pero nada sucedía.

"Ella va a venir", insistía.

Rick lo repetía una y otra vez, pero Sophia sabía que ella no iba a aparecer más, así que se dirigió hacia Rick y le suplicó: "Déjame cancelar oficialmente la boda…"

"Pero ¿y si viene?"

"Por qué crees que va a venir, si no lo ha hecho aún. ¿Cuántas veces tengo que decírtelo?"

"Le puse en el mensaje que yo jamás iba a perder la fe en ella, y parte de mi prueba es que la iba a esperar aquí en el altar hasta que ella apareciera".

"Ya sé lo que le escribiste, ya me lo dijiste. Rick esto te ha afectado, no va a venir". De nuevo un par de lágrimas salían de sus vidriosos ojos; Sophia trató de reunir fuerzas, secó sus lagrimas y le dijo muy seriamente y sin exaltarse.

"Ella NO va a venir Rick".

Rick se quedó callado un segundo, y volvió a decir "yo sé que va a venir, siempre lo ha hecho…"

Muy despacio, se le acercó Sophia, y con toda calma tomó entre sus manos la descompuesta cara de Rick, esa que hacía un par de horas era perfecta, y obligándolo a que la viera a los ojos, le dijo; "Mira, hagamos una cosa, déjame cancelar la boda, yo me quedo aquí contigo esperando hasta que decidas que es hora de irnos…"

Él se quedó viendo a Sophia, y sin decir nada, ambos sabían que esta vez estaban de acuerdo.

Así que Sophia se dirigió nuevamente al centro de la iglesia y anunció: "Oficialmente la boda ha sido cancelada".

Esto hizo que los invitados que quedaban se pararan inmediatamente, y muchos de ellos se comenzaron a retirar, pero la mayoría comenzó a formar una gran fila, para despedirse del novio, dándole su apoyo en este trágico momento.

Lo que era originalmente una celebración de la unión de una pareja, se convirtió rápidamente en lo que parecía ser un funeral. Los amigos y familiares del novio se acercaban para despedirse, y mientras lo hacían, sólo se escuchaba uno por uno, "Cuanto lo siento..."

En cuestión de minutos la catedral estaba casi vacía.

Rick alcanzó a ver a uno de sus amigos, y le dijo "Los espero a ustedes en la recepción".

Los amigos le dijeron que sí, que ahí lo iban a ver, pero todos miraban a Sophia, porque sabían que esto no iba a suceder. Sophia, casi en silencio, les decía "yo me encargo".

En eso, Christian, uno de sus grandes amigos de la infancia, se acercó y le dijo: "Quédate con mi celular, me lo devuelves después, cuando ya no lo necesites. Todo va a salir bien..."

Christian se acercó a Sophia y le encargó: "Que no pierda mi celular..."

Sophia sonrió ligeramente, "No te preocupes Christian, yo me encargo".

Ya sólo quedaban tres personas en la iglesia: el sacerdote que los iba a casar, Rick y Sophia.

El sacerdote se acercó a Sophia, mientras Rick seguía de pie esperando a la novia.

"Discúlpame, me tengo que ir; la situación es complicada pero siempre es mejor pasar un mal rato a toda una vida de infelicidad, es hora de que mejor se vayan a descansar."

Sophia, bastante indignada, le dijo con una sonrisa que daba hasta miedo: "Así funcionan las cosas ahora; hoy en la mañana, él dio una enorme donación de un millón de dólares a esta iglesia, por lo feliz que estaba, ahora al menos déjelo estar aquí el tiempo que quiera. ¿No le parece?" Lo decía con una extraña sonrisa en su cara mientras el color de su piel se volvía más rojo, de la furia que contenía.

El sacerdote prefirió prudentemente alejarse al ver lo molesta y sonriente que se mantenía Sophia, pero unos pasos adelante, se detuvo, bajó la cabeza y con una dulce voz le dijo "Jesús estaba en el templo, y vio como algunos ricos ponían dinero en las cajas de las ofrendas. También vio a una viuda que echó dos moneditas de muy poco valor. Entonces Jesús dijo a sus discípulos: Les aseguro que esta viuda pobre dio más que todos los ricos. Porque todos ellos dieron de lo que les sobraba; pero ella, que es tan pobre, dio todo lo que tenía para vivir".

Sophia se quedó viendo al sacerdote como confundida, y al mismo tiempo se sintió mal de haber mencionado la donación del millón de dólares.

El sacerdote vio su expresión y le dijo "Sí sabes que ese mensaje nunca se trató de dinero, ¿verdad?"

Sophia se quedó callada, a lo que el sacerdote respondió "Siempre se trató de amor y de cuánto das de ese amor…"

Sophia se quedó sin palabras.

Él continuó su camino y cuando estaba saliendo comentó: "Esta es la casa de Dios, quédense el tiempo que necesiten, pero ya es hora de partir".

Y el sacerdote se fue.

Sophia buscó con la mirada a Rick, y vio que seguía de pie en el mismo lugar, esperando a la supuesta novia en llegar. Sophia bajó la cabeza y se acercó poco a poco a donde estaba Rick.

Durante una hora más se quedaron los dos esperando, ya eran las diez de la noche. Él permanecía parado, aunque su mente estaba perdida en algún lugar de sus recuerdos, buscando la respuesta que no parecía existir, mientras Sophia estaba sentada en una escalera cerca al altar.

Rick miró a Sophia y le dijo "¿No va a venir verdad? Todo es mi culpa".

Sophia, en ese momento quería matarlo, su mente se llenaba de todas las palabras que no quería decir, sin embargo, se paró y se dirigió en silencio hacia Rick, y este finalmente se sentó tranquilo. Sophia se acomodó a su lado.

"No es tu culpa", le dijo Sophia. "A veces estas cosas pasan porque pasan…"

"No, sí es mi culpa. Ninguna relación es perfecta, a veces uno cae en la monotonía y se confunde el amor con la costumbre. Yo debí estar pendiente, quizás no me había dado cuenta, quizás yo creía que todo estaba bien, y ella cada día era menos feliz".

"Ella no sabe lo que está haciendo, ustedes son felices, se aman; sólo que quizás no abriste los ojos lo suficiente".

"Sophia, ¿cómo pudo ella haberme hecho esto… a mí?"

"No sé, te prometo que no entiendo cómo alguien en esta vida podría haberlo hecho. Tú no has hecho nada malo… En este momento te hechas la culpa, porque la quieres demasiado, pero fue ella quien no apareció, y eres tú quien ha estado esperando horas solo en el altar sin que te importara lo que la gente pensara".

"Quizás ella no estaba decidida a dar el siguiente paso, o quizás había alguien más", divagaba Rick.

"…o quizás simplemente tanta preocupación y estrés por los preparativos de este matrimonio, hicieron que se confundieran un poco, perdiéndose en el camino. Las cosas a veces sólo pasan, y tienes que saber que siempre hay más opciones por ahí", le dijo Sophia.

"Pero para mí sólo hay una opción, por eso estoy aquí…"

Sophia se quedó callada.

"Sabes, yo nunca me rindo…"

Sophia, con frialdad, le dijo "Hay veces que tienes que saber cuándo una batalla está perdida; a veces no depende de ti".

"Así es, así es… una batalla estará perdida, pero no la guerra", insistía Rick en medio de su frustración; llegando a la locura.

Sophia puso su dedo índice y pulgar en sus ojos "Contigo no se puede hablar así, te pones muy filosófico", y sonrió.

Y esa sonrisa contagió a Rick, y él sonrió también.

Sophia le dijo: "El sacerdote tenía razón, todo se trata de amor, si das todo de ti, encontraras la felicidad absoluta. No esperes nunca dar las sobras. Da todo, y cuando sea todo, da más... Así, al encontrar a la mujer de tus sueños, será para siempre".

"La mujer de mis sueños", repitió Rick. "La mujer de mis sueños nunca llegó..."

En eso, el reloj de la catedral marcó las once en punto. Al escuchar las campanas dijo Sophia "Son las once, es hora de irnos".

Después de tres largas horas de espera, finalmente Rick, con cabeza fría, pudo darse cuenta de la verdad y, pasando su brazo sobre los hombros de Sophia, le dijo:

"Esto se ha acabado..."

Rick se levantó y comenzó a caminar. Sophia agarró su brazo, mientras lo acompañaba saliendo por el centro del pasillo.

"Sabes, eres una verdadera amiga..."

"Soy tu mejor amiga".

Sophia sonrió.

Él también.

CAPITULO 5

EL PERDON – 4:30 AM

Eran las 4:30 de la mañana y Rick seguía teniendo en suspenso a Verona con la historia de los acontecimientos de la iglesia. Mientras la última pareja siguiera ahí, ellos tenían tiempo...

Rick veía cómo Verona volteaba frecuentemente a ver a la pareja.

"Veo que ya estás desesperada por irte", dijo Rick.

"Ya deberían irse; normalmente a esta hora ya no queda nadie. Al menos están consumiendo, pero aún si no consumieran nada, no podría echarlos, son reglas del hotel".

"Reglas..." Rick sonrió mientras daba un sorbo a su bebida.

Ella lo vio, sin entender la irónica sonrisa. Se le acercó y vio el vaso. "Quizás ya fue suficiente", y delicadamente le retiró el coctel de su mano.

Él la miró a los ojos, y con una triste sonrisa, dijo: "No te preocupes, no he tomado la cantidad suficiente para olvidar o para decir incoherencias. Pero si crees que no debería tomar, respetaré esa decisión..."

Se quedaron los dos callados un segundo.

Él se recuperó, la miró confiado y le preguntó sonriendo: "¿Puedes hacer eso también de acuerdo a las reglas del hotel?"

"¿Hacer qué?"

"Interesarte y preocuparte por los clientes…"

"Sólo por los que me importan".

Él sonrió, "Veo que te importo".

Inmediatamente fueron interrumpidos cuando la pareja se levantó y se comenzaba a preparar para salir, casi sin comunicarse, actuaban como uno solo.

Rick le dijo a Verona, "ya se van"; mientras le hacía unas señas con la cabeza.

Verona fue directamente hacia la mesa y vio una propina de cien dólares. A lo que el esposo dijo: "Debajo de la propina escribí algo para aquella persona que está en el bar…"

Verona sonrió avergonzada, no entendía lo que estaba pasando. Mientras la pareja se despidió, el esposo vio a Rick, puso su mano en el pecho y sonrió. Rick, sin entender, levantó la mano despidiéndose.

Verona agarró el billete de cien dólares y encontró la nota; se acercó a Rick y mientras guardaba el billete, le entregó el pequeño papel y dijo: "Esto es para ti…"

"¿Para mí?"

"El esposo de la extraña pareja te dejó una nota".

Rick sonrió y dijo "parece que hemos estado hablando un poco alto".

Rick comenzó a leer y la sonrisa se le fue de su cara, por lo que Verona lo interrumpió. "Pero no me dejes con la curiosidad, ¡por favor lee en voz alta!"

Él la miró, "sí, por supuesto", y regresó sus ojos a la nota y comenzó a leer desde el principio.

"No me conoces. Hoy he venido de fuera de la ciudad por un asunto de negocios, y hemos sido de los invitados a tu boda. Siento mucho lo que te ha pasado. Y ahora por azares del destino te encuentro en este hotel, no me acerqué a decírtelo personalmente porque no quería interrumpirte; y quizás necesitabas tu espacio, pero sí quiero contarte algo...

El verdadero amor es el que uno todo da, sin esperar nada a cambio.

Hoy vine con mi esposa para estar en tu matrimonio, y debí culminar mi reunión de negocios en la recepción de la boda; pero eso es lo de menos en este momento. Nuestra intención era quedarnos hasta las cuatro y media en la fiesta y dirigirnos al aeropuerto para ir a ver a nuestros hijos que, mientras no lleguemos, pueden seguir despiertos toda la noche.

Has tenido un mal día, pero la tormenta va a pasar... ya llegará la mujer que sea para toda la vida. Como último consejo: Si duras siete años con alguien, así sea con peleas y reconciliaciones, has encontrado a la pareja que puede permanecer toda la vida. Seguirá habiendo tormentas, peleas y de todo, pero su relación evolucionará y perdurará".

Al terminar de leer, Rick miró a Verona... "La verdad, hubiera preferido el billete de cien dólares".

Ella sonrió y se dirigió a la caja registradora con su generosa propina.

Rick, mirándola le dijo: "Es decir que estaban hablando con sus hijos toda la noche, y yo pensando mal..."

"Parece que esta vez gané yo", sonrió Verona.

"Al parecer sí, los dos tuvimos la razón."

"Dos casos de parejas felices", le dijo Verona.

"Al parecer mi caso era el equivocado", dijo tristemente Rick.

A Verona se le fue la sonrisa.

Rick la vio a los ojos y dijo "bueno, ya no hay que esperar a nadie, quizás es hora de irnos..."

Rick se comenzó a parar.

Y ella le dijo "No, espera..."

"¿Qué pasó?"

"No te tienes que ir ahora..."

"¿A qué te refieres?"

"Quiero seguir hablando contigo", y en ese momento agarró la botella de whisky y amaretto al mismo tiempo y le llenó el coctel que le había retirado anteriormente.

Rick sonrió y se acomodó nuevamente en la barra del bar.

"¿Sabes? Estoy disfrutando esto".

Los dos sonrieron.

En eso Verona le dijo, "¿Qué crees que haya querido decir con que la relación evolucionará?"

"Bueno, él ya no está como para preguntarle, pero puedo asumir que el amor pasional y sexual mutan con el tiempo a algo superior, a un amor de entrega. Pero para llegar a eso hay que estar reviviendo y alimentando ese amor para no caer en la monotonía. Lo que no entendí, es a qué se refiere con un amor que todo da, obvio todo se da..."

Verona, sonriendo, le dijo "Creo que él se refería a algo más profundo, un amor que no esté comprometido con tu ego, o tu orgullo..."

"Claro, llegar hasta dar la vida por tu pareja", dijo muy serio.

Pero ella estalló en risa "¡Eso sólo pasa en las películas!"

Él se sorprendió de la risa de Verona y comenzó a reír con ella, "Oye, pero eso sí puede pasar, y de eso se trata..."

"Sí, sí. Pero creo que podemos aterrizar la idea a algo más real... por ejemplo si cometemos un error, saber perdonar... dejando el odio, el orgullo y el ego atrás..."

Rick tomó un sorbo. "Así es; tiene sentido..."

"Hablando de este específico tema. ¿La perdonarías?"

"No", dijo, sin mostrar emoción alguna.

"¿No?" preguntó sorprendida Verona.

"Yo no tengo nada que perdonarle, ella ya está perdonada... más bien soy yo quien le tiene que pedir perdón..."

"No te estoy entendiendo", le dijo Verona.

"No ahora, pero lo vas a entender..."

Rick agarró el coctel y se tomó todo lo que quedaba en el vaso, la miró y le preguntó:

"¿Sí te dije que ella es perfecta?"

Sí, dijo Verona, con una tonada de cansancio, ya lo dijiste...

Es que es verdad. Mira, cuando yo la veo pudiera permanecer mucho tiempo, a la distancia, observando todo lo que hace. Ella muchas veces no se da cuenta, pero yo disfruto de su presencia, de cada movimiento, cada sonrisa que regala desinteresadamente a las personas, su alegría, su positivismo, su amor por la vida...

Y ni hablar de sus hermosos ojos, yo pudiera perderme en su mirada mientras me comenta cualquier cosa, es como si pudiera ver su alma a través de ellos, y créeme, aunque es preciosa, no se compara con lo que hay en su interior.

"¿Sí te acuerdas que ella hace un rato te dejó plantado en el altar?" Lo interrumpió Verona, y siguió: "Discúlpame, pero... ¿Perfecta? Nadie en general es perfecto; no existe la perfección".

"Así es, lo sé... ella cometía muchos errores, yo también... Aunque yo ya me había adaptado a ella, y a pesar de esas diferencias ella era perfecta para mí. Después de todo, nadie es perfecto; pero la perfección esta en los ojos de uno..."

Ella se acercó y le agarró la mano. Él levantó la mirada, la miró a los ojos y le dijo: "Sabes, tengo una teoría, que la llamo la teoría del 10%".

"¿Teoría del 10%?"

Rick sonrió y le dijo: "Nunca una pareja llega a ser compatible al 100%, jamás... Siempre hay ese 10% que los diferencia como personas. Siempre hay situaciones que uno no tolera del comportamiento del otro. En algunos casos, puede ser exceso de cariño; en otros, la ausencia del mismo. Muchas veces se trata de diferentes gustos, pero simplemente con el tiempo aprendes a vivir con tu pareja con este 10% que no te llena, y eso es normal. De hecho, muchas de las peleas en una pareja son por esta diferencia de acoplamiento".

Ella estaba atenta a lo que le dijo Rick, y él continuaba con su teoría.

"Pero no siempre las parejas están en su mejor momento. A veces casi sin darse cuenta se apartan y al perder la comunicación, se ponen vulnerables. Y ahí viene el problema..."

"¿Qué tipo de problema?" Le preguntó Verona, mientras le preparaba lentamente otro de sus cocteles.

"Bueno, estando vulnerables, a veces viene una tercera persona, y justamente te ofrece ese 10%. Y es ahí donde uno se confunde y piensa que esta persona es capaz de darle el 100%, y comienza a vivir una fantasía mental, al punto de poner en riesgo su relación. La persona siente cómo se va llenando ese vacío.... Pero eso no significa que se ha encontrado a alguien que le pueda dar el 100%, quizás cuando sea demasiado tarde se dará cuenta que tan sólo era un 40%, ya que tenía otro gran porcentaje de cosas que no iban a encajar en esa relación".

Verona dijo: "Ok, entonces la gente se confunde al sentir al principio que es un 100%, pero resulta que se puede convertir en algo menor o igual al porcentaje que ya conocía..."

"Exacto, sólo que con nuevos defectos de un 10% o más, con los que va a tener que convivir o aprender a llevar..."

"Debido a que no existe el 100%" Dijo Verona.

"Así es..."

Como en ese momento ya no hubo otros clientes, Verona se sirvió en un vaso su coctel preferido: un gin rosado, y mientras lo preparaba, le colocó unas frutillas y se unió a tomar con él.

Rick sonrió y le dijo: "Ella es perfecta para mí, yo podría vivir con su 10%".

"¿Qué hay de tu 10%?, ¿Ella podía vivir contigo?"

"No, y por eso no asistió". Rick hizo una larga pausa y dijo: "Yo descuidé la relación, y el que se confundió fui yo, pero no entendía bien esto, hasta que lo viví..."

"¿Estuviste algún momento con otra?"

Rick tomó un sorbo de su trago. "Sólo me confundí y la descuidé... por eso ella se sintió sola y vulnerable..."

Rick le agarró la mano y le dijo: "¿Habías alguna vez escuchado sobre el experimento del gato de Schrödinger?"

"No, ¿es alguna otra teoría?"

"No, no. Más bien, es un experimento que tiene una caja cerrada, y que contiene un gato en su interior, una botella de gas venenoso y un dispositivo. Este contiene una sola partícula radiactiva con una probabilidad del 50% de desintegrarse, de manera que, si la partícula se desintegra, el veneno se libera y el gato muere".

Rick sintió que Verona retiró su mano.

Rick levantó la mirada para descubrir que las dos manos de Verona estaban sobre su cara, por el espanto del experimento al pobre gatito.

A lo que Rick sonrió. "No te preocupes, el experimento nunca fue realizado; no llegó más que a la teoría..."

"¿Y de qué se trata esa teoría?"

"Bueno, como dije, la probabilidad de que el dispositivo se haya activado es del 50%, así mismo el otro 50% de que no se haya activado. Según los principios de la mecánica cuántica, el gato pasa a estar en un estado de vivo y muerto al mismo tiempo, ya que el que realiza el experimento no sabe lo que está sucediendo dentro de la caja. El gato se transforma en un gato cuántico..."

"Ese es el gato cuántico que hablabas horas atrás..."

"Así es", dijo Rick.

"Pero ¿al abrir la caja?"

"Al abrir la caja sabrás la verdad. Sabrás si está realmente vivo o muerto, convirtiéndolo en una realidad".

"Ok, ¿y eso qué tiene que ver con todo lo que estamos hablando?"

Rick sonrió y dijo "Bueno, ahí viene mi teoría, la relación de una pareja está siempre en un estado cuántico, como el gato, no es sino cuando abres tu relación que descubres verdaderamente en qué estado está, y a veces lo que encuentras es un gato muerto..."

"Como también lo puedes encontrar vivo", dijo ella.

"Sí, eso es lo que yo siempre quiero creer viéndolo desde afuera, quiero creer siempre que el gato está vivo".

"¿Y en el caso de tu relación?" siguió preguntando Verona...

"Como lo dije anteriormente; ella estaba sola y vulnerable y para cuando me di cuenta, traté de involucrarme, pero parece que forcé las cosas y sin asegurarme de estar en sintonía, le pedí matrimonio. Quizás no debí hacerlo, al menos no tan pronto, debí esperar más tiempo..."

Y Rick agregó: "Ella se merece mucho más que un tipo como yo, pero he decidido cambiar..."

"¿Recién ahora?"

"No, en realidad me lo propuse desde el día en que le compré el anillo... Sabes, un día me desperté de la cama y me nació salir a comprar el anillo de compromiso, nunca me había sucedido eso; fue ahí cuando supe que ella era la indicada para mí, y más me sorprendí cuando me esforcé y dediqué tanto tiempo en preparar algo especial para pedirle matrimonio. Sí que fue especial; sólo que ella no estaba lista aún..."

"¿La perdonarías por dejarte solo en la iglesia?"

"¡Claro que la perdonaría! Aun así, la vida continúa y uno va aprendiendo de sus errores..."

"Además tu tienes educación, dinero y buena conversación; conseguir alguien más, sería muy sencillo para ti..."

Rick sonrió y dijo las siguientes frases,

"Pero lo más importante es que aprendí mucho más."

"No se trata de tener dinero, sino más bien de ser generoso."

"No se trata de tener buen tema de conversación, más bien saber escuchar."

"No se trata de tener educación, sino más bien, tener bien claro los valores importantes de la vida."

"Así que dicho esto, necesitas ser generoso, saber escuchar a tu pareja, conectarte con ella y compartir los valores aprendidos para heredar a futuras generaciones ese legado de valores..."

"Y con eso consigues lo que tú quieras... ¡no hay límites!"

"Toma tiempo en entender esas cosas, pero esa es la fórmula", dijo Verona, quien levantó su copa y agregó:

"¡Salud por eso!"

"¡Salud!", dijo Rick mientras los dos golpeaban sus copas. "A veces la vida te da golpes… Golpes necesarios para ir madurando como persona y lograr salir adelante y encontrar a tu pareja ideal".

Verona, al escuchar la palabra "golpes", volvió a ver la mano ensangrentada de Rick y le preguntó, "¿Qué pasó con tu mano? Siento que hay algo que no me has contado…"

Rick la tomó de la mano con su mano golpeada, y le dijo:

"Fue obra del destino, y por eso estoy aquí."

CAPITULO 6

LA PROPUESTA - 11:00 PM

Rick y Sophia salieron de la iglesia con una sonrisa en sus caras. Pero esa sonrisa no duró mucho tiempo cuando vieron de nuevo el carro contratado, con la placa de recién casados.

"¡Sólo esto me faltaba!" Le dijo Rick a Sophia.

Sophia vio cómo inmediatamente se fue la sonrisa de la cara de Rick, y ella se adelantó a donde estaba el conductor y le dijo: "Dame unos minutos más, te voy a escribir para que nos lleves, una media hora más. ¿Te parece bien?" A lo que el chofer del carro accedió.

Sophia regresó donde estaba Rick y este le dijo, "Si sólo ver el carro me puso mal, no creo que pueda resistir ir a la recepción para estar con mis amigos..."

"No tienes que ir a la recepción, además sinceramente no creo que nadie esté ahí, y así es mejor para ti..."

Rick, que no estaba cien por ciento razonando como una persona inteligente, decidió hacerle caso y, afirmándolo con la cabeza, tomó la decisión de no ir.

"¿Te parece si caminamos un rato?"

Rick comenzó a avanzar sin rumbo, Sophia lo siguió, acompañándolo a su lado.

Caminaron por unos minutos en silencio. Sophia trató de ser la mejor persona posible para este momento, pero tampoco sabía cómo actuar, así que sólo esperó escucharlo cuando llegase el momento y así poder opinar y ayudar.

Después de un largo silencio, él le preguntó: "¿Qué hay de la luna de miel?"

"Deja de pensar en eso, después puedes cambiar los pasajes para otro destino, no pasa nada".

Rick volvió a quedarse callado. Sophia sabía que él necesitaba hablar, pero al mismo tiempo quería darle su espacio. Así que optó por darle un empujón con una estrategia que el mismo Rick tenía para estos casos.

"¿Te acuerdas años atrás, cuando no estabas de acuerdo con quien yo estaba saliendo, que decías que no me convenía?"

Rick la miró y sin decir nada, sólo esperó que Sophia terminara de hablar. A lo que Sophia agregó, "Te costaba decirme las cosas, porque no querías herir mis sentimientos; sin embargo, eran cosas que necesitaba escuchar..."

"Sophia, él no te convenía..."

"Claro, eso ya lo sé, al menos ahora... pero ahí yo estaba confundida..."

"Él te estaba chantajeando emocionalmente", dijo Rick.

"Lo sé, me tomó meses reconocerlo. Pero ese no era el punto que te quería decir, más bien te quiero recordar lo que hiciste para que yo abriera los ojos".

"¡Cómo olvidarlo!" Y le salió una leve sonrisa.

"Incluso fingiste que no me conocías, hasta te presentaste de nuevo..."

"Sí, lo recuerdo", Rick sonrió.

"Bueno ahí agarraste fuerzas para decirme todo lo que pensabas, ¿no quisieras hacer lo mismo hoy, y poder conversar del tema?"

"Sophia de verdad gracias por el intento, pero en serio no estoy de ánimo para juegos... En mi cabeza en este momento sólo pasan todas las señales que no vi o no quise ver..."

"¿Señales?"

"Esto nunca te conté, pero dos meses atrás, en un fin de semana que tenía que ir a trabajar a otra ciudad, la llevé conmigo y a pesar de que estábamos juntos, verdaderamente no lo estábamos. Yo estaba tan concentrado en el trabajo, y ella tan concentrada planificando sola la boda, que cuando desalojamos el hotel y sacamos todas nuestras pertenencias, yo me había olvidado de traer del cuarto una llave extra, de esas que parecen tarjetas magnéticas. Bueno, como éramos dos y sólo usábamos una, la otra la había dejado en el velador y mientras hacíamos la salida del hotel, en la recepción me estaban insistiendo que, para la salida, tenía que entregar las dos llaves..."

"Era una llave magnética, no tenías que entregar nada si no te daba la gana".

"Yo sé, pero tú sabes como soy yo. Tenía que hacerlo, así que regresé. Al entrar al cuarto fui al velador, agarré la otra llave y, cuando estaba saliendo, decidí entrar al baño para lavarme las manos y mientras veía al espejo..."

"¡Siempre tú!" sonrió Sophia.

"En ese momento vi, a un lado del bote de basura, nuestro anillo de compromiso".

"¿El anillo de bodas?" Mientras se ponía las manos en la boca.

"Así es, ella lo había dejado botado. Así que lo agarré y no sabía si dárselo o no, porque verdaderamente ella lo había perdido, y fue un golpe de suerte haberlo encontrado. Así que lo guardé hasta el momento en que ella se acordara..."

"¿Y se acordó?"

"¡Nunca por su cuenta!"

"¿Y qué hiciste?"

"Lo guardé y decidí actuar después, y por más que lanzaba indirectas, no se acordaba, y cuando se acordó, ella lo tomó como una decisión del destino, de que esto no iba a funcionar…"

Sophia se quedó callada y siguió escuchando.

"Claro que después se lo entregué y la reacción de ella fue peor, ya que en ese momento no significaba nada para ella".

"Pero tú encontraste el anillo, el destino te hizo olvidar la llave del cuarto, ¡incluso el hotel te exigió devolverla! Si eso no hubiera pasado, el anillo no hubiera llegado a ti. Fue gracias a ti; el destino actuó para que ustedes estén juntos".

"Pero veo que el destino no hizo un gran trabajo con eso. Aunque igual en ese momento ella quería seguir con el compromiso, al menos en ese momento…"

"Quizás el destino te esté guiando a otra persona…"

"Quizás sí, quizás no", dijo él.

"Oye, ¡pero tú no crees en el destino!" y Sophia le dio un ligero golpe en el brazo.

"Yo no, pero ella sí." Y le salió una leve sonrisa.

Sophia sonrió y le dijo "Un anillo no marca un destino, el amor es su compás" y luego, cambiando el tema, le dijo: "Ya es hora de que te vayas a descansar, ha sido un día duro, pero la tormenta pasará…"

"No puedo ir a mi casa, hay muchas cosas de ella ahí".

Sophia, al escuchar eso, le dijo "Ven a mi departamento".

"¿A tu departamento?"

"Puedes dormir en la sala, tengo un sofá muy cómodo", dijo Sophia y le salió una gran sonrisa.

Y el rio con ella, pero inmediatamente abrazó a Sophia y le dijo "Gracias... Siempre estás para mí cuando te necesito".

Sophia agarró el teléfono y llamó al carro para darle las indicaciones de dónde estaban. En unos minutos la limosina se acercó a ellos, mientras seguían conversando entre risas y lamentos. Ella se esforzaba por hacerlo reír, y lo estaba haciendo muy bien.

Se detuvo el carro, Rick le abrió la puerta, ella se subió. El se acercó al conductor y sacó cinco billetes de cien dólares. Se los dio y le indicó: "Llévala a su departamento, donde la recogiste originalmente, llévala hasta la puerta, y maneja con cuidado, a esta hora la gente anda alocada por las calles".

Sophia vio que estaba hablando con el conductor. Rick se metió al carro y sin cerrar la puerta, la miró a los ojos y le dijo, "Sophia, esto es algo que tengo que hacer solo, yo me conozco, tú me conoces... pero pasar mi noche de bodas en el sofá no es lo que tengo en mente en este momento". Se acercó a ella y le dio un beso de despedida en los labios. Sophia cerró sus ojos y Rick después del beso le dijo, "discúlpame por eso". Sophia se quedó callada.

Rick salió del carro y cerró la puerta, y dando dos golpes al techo, indicó al conductor que podía arrancar.

En ese momento Rick comenzó a caminar sin rumbo, esta vez estaba solo, nadie estaba cuidándolo. Y comenzó a lloviznar, momento preciso para dejarse ir.

Sin Sophia, sin rumbo, solo en sus pensamientos; cuestionándose todo.

Completamente perdido y consumido en la soledad.

Y así estuvo por una hora y media... Caminando sin destino, sin pensar.

Prácticamente estuvo perdido en su mundo.

Y así llevaba alrededor de veinte minutos, cuando de repente Sophia se le comenzó a aparecer en la cabeza.

Una luz al final del túnel.

Sólo pensaba en ella, y en cómo ese amor de amistad unía lazos más fuertes, llenando ese vacío que sentía por dentro.

Buscó su celular, para acordarse que no tenía el de él, sino el de su amigo Christian... Llamó a Sophia.

Sophia estaba entrando a su departamento, agradeciéndole al conductor que la había acompañado hasta la puerta, cuando escuchó el teléfono.

"¿Rick, estás bien? ¿Por qué hiciste eso?"

"Sophia, me nació, me sentía solo y sentí ese impulso".

"No me refiero a eso, me refiero que por qué no viniste conmigo. Tú no puedes estar solo en estos momentos..."

"Sophia, no iba a dormir en un sofá en mi noche de bodas".

"¡Jamás pensaba hacer eso!"

"¿A qué te refieres?"

"Hubiéramos estado toda la noche... conversando en mi cuarto hasta que pudieras descansar en paz".

"Sophia, no tengo tiempo para dormir, se me ha estado cruzando una loca idea por la cabeza y he decidido que quiero que me acompañes".

"Donde tú quieras, ¿a dónde quieres ir?"

"Tengo dos pasajes, y mi vuelo sale a las 8:00 de la mañana".

Sophia se quedó paralizada, "Sabes que no puedo hacer eso, y tú tampoco deberías ir..."

"Sophia, no quiero ir solo".

"No puedo… no debo, estás pensando incoherentemente. Necesitas descansar, aquí tengo mi carro, si quieres voy por ti y programamos qué hacer, podemos ir a tomarnos algún trago en algún bar, y seguir conversando…"

"El tren, Sophia… ¡el tren!"

"Tú y tus teorías. ¡Dime dónde estás!"

Rick sacó el celular de su oreja y sin despedirse, cerró el teléfono y siguió caminando sin rumbo.

Sophia, con el celular en la mano, en la sala de su casa "Rick. ¿Dónde estás? ¿Rick? ¡Rick!" ahí se dio cuenta que la llamada había terminado.

Y Sophia, siendo una mujer muy fuerte, caminó por la sala lentamente, preocupada por Rick.

Y cuando vio el sofá, le salió una leve sonrisa. En ese momento no se pudo contener más, y mientras se sentaba en el sofá comenzó a llorar sin poder parar, quedando sus ojos hinchados y con una expresión de soledad. Sophia se acostó en el sofá y cerró sus ojos.

Mientras que Rick caminaba, perdido por la ciudad.

Y así caminó un rato más. Ya era medianoche y en su cabeza sólo estaba Sophia. Pero al mismo tiempo sentía que no podía creer todo lo que le estaba sucediendo. Sintió que todos le iban cerrando las puertas; quedándose solo de verdad.

Y en eso dejó de caminar. Se arregló un poco, le cambió la cara y se comenzó a poner excesivamente serio. Sophia ya no estaba en su cabeza. Sintió la traición de la mujer de su vida, aquella que lo dejó botado como a un objeto en el baño de un hotel.

Solo y muy serio, comenzó a caminar lentamente. Su quijada apretada contenía sus emociones… Mientras seguía avanzando forzó su puño, llenándose de coraje. La ira lo estaba consumiendo.

En ese momento se divisaron dos personas, que vieron caminando a Rick y lo comenzaron a seguir. Parecía ser un par de ladrones que se querían aprovechar de este hombre que iba solo por las calles, que además de bien vestido, daba la imagen de traer una gorda billetera llena de efectivo en su bolsillo.

Rick no se percató de este acontecimiento. El sólo seguía caminando pensando en la decepción, la ira, la traición que rodaba por su cabeza. Ya no había espacio para amor, ya no había espacio para programar un nuevo futuro, ya no había espacio para Sophia, ni siquiera para él mismo.

Y Rick, sin saber dónde estaba, entró en un callejón, donde vio muchos botes de basura grandes, en medio de numerosas escaleras de emergencia del edificio adyacente.

Los dos sujetos vieron su oportunidad y aumentaron la velocidad para aprovechar la oscuridad, y estaban cada vez mas cerca... Cuando ya iba a salir del callejón oscuro y se empezaba a reflejar la luz del otro lado del callejón, uno de los sujetos le gritó. "¡Hey tú!"

Rick no se viró ni a verlo, sin embargo, se detuvo.

Mientras se iban acercando más y más, el otro sacó un cuchillo, y le dijo: "Dame tu dinero. ¡Dame todo lo que tengas!"

Rick no escuchó, o al menos no le importó.

El que estaba a su izquierda, le gritó, "¡Danos tu dinero o te matamos aquí mismo!"

Rick reaccionó frente a la amenaza y cuando miró a la izquierda, vio al agresor, y se dio cuenta que atrás del agresor, estaba una pared metálica de un local cerrado con la imagen publicitaria de un anillo de compromiso y unas palabras que decían: "Un diamante es para toda la vida."

Y en ese momento no le importó la muerte. El diamante fue la gota que derramó el vaso. Empujó a su agresor y con su mano derecha comenzó a golpear el anuncio una y otra vez. Tal agresividad no parecía disminuir, no paraba de golpear, tanto así que uno de los dos sujetos le gritó nuevamente, "¡dame tu dinero!" Y este seguía golpeando sin parar. Los sujetos estaban confundidos.

Ellos sabían que eran dos y que estaban armados, no había oportunidad para Rick. Sin embargo, vieron tal agresión golpe tras golpe y escucharon cómo gritaba y cómo golpeaba ese anuncio, que extrañamente comenzaron a sentir que no querían tener la suerte de ese cartel, y fueron retrocediendo sus pasos.

"¿Qué hacemos?" Un sujeto le dijo al otro. "Vámonos de aquí, ¡ese hombre está loco! ¿Para qué arriesgarnos?"

Mientras él seguía golpeando y golpeando, se viró hacia sus agresores con la mano llena de sangre. Los agresores se asustaron al ver la mirada de locura e ira, era tan impactante que decidieron salir corriendo.

Una vez que se perdieron en la oscuridad del callejón, Rick comenzó a caminar hacia la luz. Una luz al final del túnel… Y Rick cayó de rodillas y se preguntó "¿Por qué? ¿Por qué no me di cuenta antes? ¡Maldito anillo!"

Y no pudiendo más, se dejó caer al suelo, mientras se agarraba la mano del dolor.

Pero después de la tormenta, viene la calma…

Y Sophia regresó a su cabeza, recordando sus palabras.

"No puedo… no debo, estás pensando incoherentemente. Necesitas descansar, aquí tengo mi carro, si quieres voy por ti y programamos qué hacer, podemos ir a tomarnos algún trago en algún bar, y seguir conversando…"

Y mientras Rick levantaba la mirada, vio el signo del bar iluminado de un hotel.

"¡Que coincidencia!"

Siguió en el piso, pensando en la coincidencia de lo que estaba viendo.

"¿A dónde me está llevando el destino?"

Se sentó y pensó…

"Y cuando todo está por los suelos, una luz es la última esperanza".

Se levantó. Elevó una rodilla enfrente, con la mano buena se ayudó a levantarse, dio un paso y encontró un reflejo, donde se arregló y se puso presentable para ir al bar que había encontrado, y decidió que quería llamar a Sophia.

"A veces tienes que hacer lo que tienes que hacer. ¡Ya sé cuál es mi destino!"

Ya era casi la 1:00 de la mañana cuando se dirigió al bar.

CAPITULO 7

LA DECISION - 5:30 AM

Después de que Rick le contó a Verona su camino al bar, vio el reloj y se dio cuenta que estaba a punto de amanecer. "Tengo que estar en el aeropuerto a las siete, quizás ya debería partir..."

Verona le dijo: "Pero de aquí al aeropuerto se hace una hora, más o menos, todavía tendrías una media hora más para seguir conversando".

"Media hora más; si he pasado toda la noche contigo, sería justo salir en el amanecer. Con la luz del día, un nuevo comienzo..."

Verona sonrió y le dijo, "¡Un último coctel!"

"Por supuesto..."

Verona comenzó a prepararse su coctel de gin rosado y le sirvió un *padrino* a Rick. Mientras lo servía, dijo "Me gusta conversar contigo así".

Rick sonrió.

"Cuando hablabas por teléfono con Sophia, mencionaste un tren; y ella te dijo que era una de tus teorías..."

"Bueno, esa no es una teoría mía, más bien es una realidad".

"¿A qué te refieres?"

Rick recibió el coctel de Verona y le dio un sorbo. Y dijo "Veo que esta vez le pusiste más whisky de lo normal…"

"Es el último, hay que disfrutarlo con ganas", dijo ella.

"Espero que el tuyo esté igual de fuerte".

Ella se rio y le dijo "El mío está como siempre me ha gustado".

"¡Qué bueno! Veo que falta mucho por conocernos…" Mientras se miraban fijamente, hubo unos segundos de silencio.

Verona interrumpió ese silencio diciendo, "el tren…"

"Sophia siempre tenía problemas para tomar decisiones. Como lo dije anteriormente, nadie es perfecto, pero cada uno aprende a vivir con los defectos de otros. Y cada vez que yo veía que las oportunidades se le pasaban en frente, y ella perdía el tiempo sin saber decidir o qué hacer, siempre le insistía con estas palabras:

El tren de las oportunidades a veces sólo pasa una vez, ya depende de nuestras decisiones si tomarlo o no. Si no lo agarras en su debido momento, quizás nunca más vuelva a pasar…"

"¿Y por qué un tren? Y no un carro, o un avión, o una señal…"

"Podría decirte en este momento que el tren va siempre por los rieles que representan el camino al que te conduce el destino; a veces simplemente se agrega salsa a las historias, pero la verdad es otra…"

"¿Cuál es la verdad?"

"Que cuando se lo dije a Sophia estaba en una estación de tren", y se rio… Verona sonrió con él.

"Mejor la verdad, que esa propaganda barata".

"Bueno, pero en ese momento era adecuado ya que el tren que teníamos en frente, estaba a punto de arrancar".

"Entiendo, ¿y esa lección le funcionó a ella?"

Le salió una gran sonrisa a Rick. "Mientras el tren se iba, me miró a los ojos y me dijo: Tranquilo, si esperamos aquí pacientes, ya pasará otro tren al mismo destino..."

"¡Bien jugado!" Dijo Verona, mientras tomaba su coctel.

Rick se quedó pensando. "Hablando de Sophia, tengo que llamarla para que me lleve al aeropuerto..."

Rick agarró el teléfono y marcó el número de Sophia.

"Sophia..."

Sophia contestó el teléfono en la sala de su departamento, se había quedado dormida en el sofá. "Aló, Rick ¿estás bien?"

"Sophia, necesito que me recojas en la dirección que te voy a enviar por mensaje..."

"¿Qué hora es? ¡No ha amanecido!"

"Son como las cinco y cuarenta..."

"Sí, por supuesto, déjame despertarme bien, me baño y voy por ti. ¿Quieres ir a desayunar algo?"

"Sophia, yo voy al aeropuerto."

Sophia abrió sus ojos y se levantó inmediatamente. "Ok, asumo que lo has pensado bien; nos vemos en treinta minutos."

"Ok, gracias Sophia", dejó el teléfono.

Sophia inmediatamente se duchó y se vistió rápidamente, sabía que no tenia tiempo ni para arreglarse, y justo ese día que había estado llorando... Medio se maquilló, al final Rick era de toda su confianza, lo que más le preocupaba era que sentía que su imagen no le ayudaría a levantar el ánimo de Rick. Sin embargo, no tenía opción, agarró las llaves del carro, las puso en su cartera, y cuando abrió la puerta de su departamento... se quedó un minuto pensando parada, sin hacer nada... Todo lo que había ahorrado en tiempo, lo estaba desperdiciando en este momento, donde estaba analizando qué era lo mejor...

Sophia cerró los ojos, se cubrió parte de la cara con su mano. Dio un respiro, dejó la puerta entreabierta, se dirigió a su dormitorio, vio su velador, comenzó a buscar entre papeles y revistas... Y encontró su pasaporte. Se tomó su tiempo, avanzó dos pasos y regresó, hizo un movimiento de negación con su cabeza, y puso el pasaporte en su cartera.

Sophia fue por él.

Mientras tanto, en el bar Rick seguía conversando con Verona. Y ese ambiente, con el calor de los tragos, se estaba poniendo más interesante. Se miraban más, se rieron más, en algún momento incluso comenzó a haber ciertos roces de manos.

Y así mismo con el calor de las copas, uno va ganando confianza, y por los efectos del alcohol, a veces hasta comete estupideces, y Rick tomó una decisión más.

Rick vio a los ojos a Verona y le dijo:

"Te quiero hacer una propuesta".

"¿Qué tipo de propuesta?" Totalmente intrigada Verona.

"¿Quisieras ir conmigo de viaje?, tengo dos pasajes..."

Ella se rio fuertemente.

"Por supuesto que no. Además, ¡ya invitaste a Sophia!"

"Y también fui rechazado por Sophia. En este momento sólo sé que tengo dos pasajes de avión. Lo único que digo es que podrías venir y pasar un buen rato..."

"¿Estás hablando en serio? Después de todo lo que ha pasado..."

"Sí. Estoy hablando en serio. Estoy rehaciendo mi vida, la anterior terminó en el altar. Y la nueva comenzó cuando el destino me trajo aquí. Quisiera tener un nuevo comienzo, sin compromisos... Un nuevo amanecer..."

Ella lo vio, le agarró la mano, y le dijo: "En este momento siento que te quisiera decir que sí, pero mi cabeza dice todo lo contrario..."

"Escucha tus sentimientos", le pidió.

"A veces los sentimientos engañan y nos llevan a tomar las peores decisiones..."

"Entonces es un *no*..."

"Así es, es un *no*, pero buen intento."

"Al menos lo intenté. Sabes... yo no soy perfecto, pero planeo siempre ser el mejor..."

"¿El mejor?"

"El mejor amante, el mejor novio, el mejor esposo, el mejor amigo".

"Espero que no me salgas con que tienes amante, novia, esposa y mejor amiga", dijo en broma para cambiar el tema con una sonrisa.

"¡Por supuesto que no!" Le dijo sonriente Rick y agregó "Muchos hombres creen que mientras más mujeres uno tiene, más macho se es, pero ese no es mi caso...

El verdadero hombre es quien respeta a su pareja, y logra convertir a su amante, su novia, su esposa y su mejor amiga en una sola persona. Y dedicarse a ella y cuidarla el resto de su vida".

"Pero siempre hay tentaciones", dijo ella.

"Sí, es verdad; pero ahí está lo inteligente, tienes que aprender a nunca cruzar esa línea".

"¿Me estás diciendo que podrías estar tentado a cruzar esa línea?"

"Yo soy leal, siempre lo he sido. Y te digo que uno aprende de sus errores. Uno aprende a ser mejor persona, a veces esos son los cortes de las espinas de las rosas al final de la cima".

Rick miró la hora y comenzó a arreglarse, pues sabía que en cualquier momento llegaría Sophia, y mientras alistaba sus cosas, no apartaba la mirada de los ojos de Verona.

"El destino me trajo aquí, y estoy aquí contigo. Y cuando pudiste haberte ido, no lo has hecho. Sigues aquí..." Rick agarró el sobre con los dos pasajes. "El tren de las oportunidades pasa una vez..."

"¡Pero es una idea loca!"

"Cuando alguien comete locuras es porque es la persona correcta. Yo en este momento te estoy proponiendo un nuevo comienzo; una nueva vida", dijo Rick, mientras veía alrededor con los brazos abiertos, mostrando el lugar.

"Necesito al menos pensarlo..."

"No te queda mucho tiempo, en cualquier momento va a partir el avión".

"Veo que conmigo no deberías usar el ejemplo del tren, sino más bien del avión de las oportunidades", sonrió Verona.

Rick sonrió, y a Verona se le fue la sonrisa y dijo "pero no tengo ni ropa, ni maletas, no tengo nada..."

"De eso no te preocupes, yo me encargo de todo."

"¡Es una locura!"

"Lo sé..."

Y en ese momento sonó el celular de Rick.

Y mientras el celular sonaba, los dos se miraban a los ojos, y ella interrumpió esa mirada diciendo: "Contesta, debe ser Sophia..."

Y Verona salió de la parte de atrás del bar, y como ya estaba llegando Sophia, sabía que era hora de cerrar el lugar. De inmediato comenzó a realizar todas las reglas del cierre del establecimiento, y mientras lo hacía, imaginó ese viaje de luna de miel sorpresa.

Y pensó que igual había algo entre ellos dos, una química, una atracción, un deseo de acercamiento, quizás no iba a durar, pero nadie quitaría lo vivido; el buen momento, las vacaciones... Y comenzó a verlo como un posible nuevo comienzo.

Rick contestó el teléfono "Sophia, ¿por dónde estás?"

"Ya estoy llegando, ¿puedes ir saliendo? Creo que todavía no son las seis..."

Rick miró el reloj y, extrañado, se dio cuenta que era la hora. "Ya son las seis Sophia".

"Es raro, pero todavía no ha amanecido, y está completamente oscuro".

"Maneja con cuidado, pero ven rápido por favor".

Rick guardó el teléfono, y mientras veía a Verona terminando de arreglar el bar, le dijo: "Es hora de irme..."

Verona levantó la mirada.

Y mientras caminaba hacia la puerta, dio media vuelta y le dijo:

"¡Estuviste fantástica!"

Ella se quedó callada unos segundos y dijo en voz muy baja "goodbye..."

Él se le acercó, la tomó fuertemente en sus brazos y la besó. Fue un beso apasionado, muy intenso, de esos que no se olvidan. Un beso que por un momento todo transformó en locura. Al comienzo ella estaba paralizada, pues la tomó totalmente por sorpresa y poco a poco fue cerrando los ojos, dejándose llevar, hasta el punto que se desconectó de todo lo que sucedía y fue como si se detuviera el tiempo....

Verona ni siquiera se dio cuenta que ya se habían dejado de besar y seguía sintiendo esa química; esa atracción.

Rick se dirigió a la puerta y le enseñó los pasajes una vez más.

Y ella le dijo, casi en silencio y moviendo la cabeza en forma de negación, "no puedo..."

Rick salió del bar y cerró la puerta.

Verona se quedó pensando por unos minutos. No sabía qué hacer, sólo buscaba respuestas, y ninguna respuesta le llegaba.

Se dirigió atrás del bar, agarró los cien dólares que le habían dado de propina. Miró a su alrededor buscando respuestas, pero sólo encontraba más preguntas.

Miró a la caja registradora y ahí descifró su respuesta. Se le comenzaron a salir las lágrimas… Ella ese día no tenía su celular.

Verona sabía que había pasado mucho tiempo. Quizás el tren de las oportunidades partió, quizás no. Quizás volvería a pasar más adelante bajo otras circunstancias, quizás no.

Pero ella jamás lo iba a saber si no lo intentaba.

Rápidamente agarró todas sus cosas y sin pensar, se dirigió a la puerta del bar, cerró con llave y corrió atrás de Rick, esperando encontrarlo.

Dejando olvidado en la caja registradora…

Su anillo de compromiso.

MATERIAL ADICIONAL PARA SER LEIDO SOLAMENTE DESPUES DE FINALIZAR EL LIBRO.

Después de presentar el libro en un grupo de lectura, fue impresionante ver las reacciones de las personas con respecto al final, y pensamos en ayudar un poco al lector a aclarar ciertas dudas acerca de la trama de esta historia.

¿Quién era la novia que no fue a la iglesia?

Al final, Verona deja olvidado el anillo de compromiso, este detalle abre varias posibilidades a interpretación del lector. Puede ser que fuera la misma persona, como puede ser que no. Podría ser una coincidencia, o podría ser que haya dejado las dos veces el anillo. Sin embargo, toda la historia está escrita pensando en que Verona era la novia. Inclusive en el capítulo seis, Sophia le recuerda a Rick, que él, en el pasado, a veces se presentaba con ella como otra persona, para poder decir todo lo que pensaba sin sentir ningún remordimiento. Ahora que sabes que era la novia, puedes leer el capítulo uno, tres y cinco, viéndolo desde otra perspectiva y muchas cosas tomarán sentido.

¿De quién era el departamento de N.Y. en el piso cincuenta?

El departamento mencionado en el capítulo dos "La despedida de Soltero" es definitivamente el departamento de Sophia. Queda a interpretación del lector si ella evitó la clásica despedida de soltero, o si pasó algo más en su departamento, o simplemente le prestó el lugar para que se cambiara debido a la cercanía de la iglesia.

Queda el dato de que con tráfico se demoraron 45 min, sin embargo, cuando ella regresó a su departamento tardó sólo 20 minutos. Las llaves que le entregó Sophia eran del departamento de Rick, aun cuando no se menciona su ubicación en ningún momento.

Es importante ver que, siendo Sophia la dueña del cotizado departamento, deja entrever que ella es alguien mucho más adinerada que él. Mientras Rick y su familia tienen muchos negocios y es una persona que le gusta mostrar que tiene dinero, no se compara con el poder y respeto que emite Sophia en el capítulo dos, mientras sale del edificio. Sin embargo, a pesar de que ella es muchísimo más adinerada que él, es una mujer sencilla.

Puedes volver a leer la conversación entre Sophia y el sacerdote en el capítulo cuatro, referente al tema del dinero. Al final del día, no se trata de dinero.

¿Con quién se fue Rick a la luna de miel sorpresa?

Esta pregunta sigue estando a interpretación del lector. Sin embargo, se han dejado pistas en el transcurso de los siete capítulos, que dan una idea de con quién realmente se fue a la luna de miel.

Cabe recalcar que Sophia, siendo una mujer muy puntual, cuando va a recoger a Rick se pudo haber tomado su tiempo para pensar, buscar y tomar la decisión, en esos minutos esenciales que pudo haberse demorado, Verona podría haber salido del bar y todavía haberlos encontrado. Aunque también pudo haber llegado puntual, y Verona se demoró demasiado pensando al punto que cuando salió, ya se habían ido.

Esto nos lleva a tres escenarios. Primer escenario. Verona se fue con Rick. Segundo escenario Sophia se fue con Rick. Tercer escenario queda abierto a la imaginación del lector, aunque quizá pudiera ser la historia contada en caso de haber una segunda parte.

¿Por qué no amaneció ese día?

Esto es un *Easter Egg* del libro "Act of God: El Elegido y los 3 días de Oscuridad." La fecha en que sería la boda es una noche antes del primer día de oscuridad en la saga. A pesar de que las historias no tienen nada que ver la una con la otra, ya que esta es una novela de romance, mientras que el otro es ciencia ficción; este pequeño acontecimiento puede estar también a interpretación del lector. Sin embargo, para el escritor todo está dentro del mismo universo, a pesar de que las historias no se mezclan.

El Elegido y Los Tres Días de Oscuridad

PREVIEW

Act of God (definición) – Un evento impredecible, fuera del control humano, como: inundaciones, terremotos, erupciones volcánicas, y otros desastres naturales y sobrenaturales.

La Saga de Act of God es creada por Oswaldo Molestina.

ISBN: 978-9942-36-131-8

Instagram: @actofgod.777

Whatsapp: +593 95 889 7318

De venta en Amazon.com

CAPITULO 1

"El regreso de un dios..." Su voz jadeante y trémula se perdió en el ruido de la gente que pasaba a su lado, de prisa, sin siquiera notar su presencia. La capucha de su sobretodo azul escondía de la vista de los transeúntes sus facciones desfiguradas y sus ojos llenos de terror. "Me está buscando... viene por mí", murmuraba una y otra vez.

Era el 4 de julio del año 2000, y él veía sentado desde una vereda cómo los minutos se convertían en horas en un reloj de la ciudad de Nueva York. A las 12:15 pm, comenzó a moverse a una gran velocidad, corriendo las cuatro cuadras que lo separaban del hospital, cruzando por delante de los carros, abriéndose paso a empujones desesperados entre la gente, y cuando ya estaba llegando, logró trepar casi a saltos la escalera de la salida de emergencia, y entró por la ventana lateral del edificio. Siguió en su loca carrera, esquivando enfermeras y pacientes hasta llegar a su objetivo: el ala de maternidad.

En su camino, pasó junto a una docena de guardias de seguridad, derribándolos uno a uno, antes de que éstos pudieran reaccionar. Nadie iba a detenerlo.

Cuando Floyd llegó a la sección de Nacimientos empujando y derribando al policía encargado de la seguridad del piso, buscó en recepción el nombre de una paciente que estaba a punto de dar a luz a un niño, y se dirigió corriendo a esa habitación. De repente, una intensa luz blanca iluminó el pasillo, y todos los guardias, enfermeras y doctores comenzaron a detenerse, quedándose paralizados como estatuas de carne y hueso. Como si el tiempo se hubiera detenido, como si cada segundo se hiciera eterno. Floyd se asustó y comenzó a gritar: "Finalmente me has encontrado, y estás aquí para terminar conmigo; pero no moriré tan fácilmente."

De la luz, emergió un ser vestido completamente de blanco. Floyd se le acercó:

"Orin... pensé que era Él quien me venía a buscar. Espero que no estés aquí para intentar detener mi misión."

"¿Quién eres tú?" dijo Orin, a modo de respuesta.

"Puedes llamarme Floyd, como recuerdo habértelo dicho" dijo éste, con un dejo de ironía.

Orin lo observó fijamente, sin inmutarse. Lo encontraba extrañamente familiar.

Floyd añadió: "He venido a presenciar este gran acontecimiento, y tratando de llegar a él me encuentro contigo."

"¿Qué intentas hacer?" preguntó Orin.

Floyd, mirándolo fijamente a los ojos, le respondió: "Tú no sabes nada aún, así que apártate y déjame entrar."

Orin inmediatamente lo agarró del brazo, y sin mayor esfuerzo lo lanzó al otro extremo del corredor de esperas de la sección de Maternidad.

Floyd dijo: "No tengo mucho tiempo, Él me está siguiendo, y estoy muy débil y lastimado para atacarte. Créeme, soy mucho más fuerte que tú, sólo que necesito recuperarme, pero del poco tiempo que me queda te voy a contar."

Orin, muy atento y con cara de sospecha y curiosidad, escuchó a Floyd. No podía evitar sentirse profundamente ligado con aquel ser de aspecto repulsivo.

"Habrá una gran guerra, miles morirán en el cielo, millones en la tierra, cuatro intentarán destruir el mundo…"

Una expresión de puro terror atravesó el rostro de Floyd, como si hubiera sentido la presencia de aquel que lo seguía, así que le dijo a Orin: "El elegido de Sagar es la última esperanza." E inmediatamente desapareció.

A los pocos segundos, Orin sintió una presencia que no pudo oír, ver o tocar. Hizo un gesto casi imperceptible con su mano, y de inmediato las personas del pasillo recobraron el movimiento. Orin caminó con tranquilidad entre ellas, sin ser percibido, y entró en el cuarto al que tanto deseaba llegar Floyd.

En la cama yacía una mujer en labor de parto, con el pelo claro empapado, y sus ojos azules anegados de cansancio y dolor. A su lado, su joven esposo intentaba reconfortarla, pero se notaba su nerviosismo por la manera constante en que se llevaba las manos al pelo castaño y largo. Frente a la mujer, el doctor y la enfermera la asistían en el proceso de alumbramiento.

Cuando el niño emitió su primer llanto, dándole la bienvenida a la vida, su madre pensó que todas las horas de dolor habían valido la pena.

"Eloy ha nacido," murmuró Orin emocionado, mientras se desvanecía hacia la nada.

"Felicitaciones, Helen y Josune. Son padres de un varoncito perfectamente saludable," dijo el doctor. La mujer sonrió débilmente, mientras apartaba los mechones de pelo húmedo de su cara. "Josune, ¿quisieras cortar el cordón?" preguntó el doctor. El padre hizo un gesto afirmativo. "Leire, las tijeras, por favor." La enfermera, una mujer fuerte y amable, le dio las tijeras a Josune Saga, y éste completó la tarea con manos temblorosas. "Gracias, doctor Elmrys", dijo emocionado.

El doctor le entregó al niño a su madre, quien recibió en sus brazos con lágrimas de alegría al pequeño Eloy. El padre, también muy dichoso, no pudo contenerse y abrazó al doctor, para luego sentarse junto a su esposa y su recién nacido. Finalmente, el doctor Elmrys y la enfermera salieron del cuarto, para dejar a la familia compartir este íntimo momento.

El Doctor John Elmrys le dijo a la enfermera: "De todos los niños que he ayudado a traer al mundo, es la primera vez que sentí el cuarto lleno de paz, como si Alguien nos estuviera cuidando."

"¿Se refiere a Dios?" preguntó Leire Jones, sonriente. Era raro que el doctor hiciera referencia a la existencia de un ser superior.

"Puede ser... ¡Fue increíble! Nunca había sentido algo-" fue interrumpido por un guardia que se le acercó precipitadamente.

"¡Doctor! ¡Doctor Elmrys!" dijo el guardia, evidentemente muy alterado.

"¿Qué sucede, Ricker?" Éste, con un tono elevado de voz, le dijo: "Doctor lo necesitamos, hay guardias muy lastimados, y dos ya han perdido la vida." El doctor, corriendo hacia las víctimas, se encontró con otros colegas que ya habían empezado a tratarlas, e inmediatamente se puso a ayudar. A pesar de intensas horas de trabajo, la mayoría de los heridos fallecieron, y esa paz que el doctor había sentido horas atrás quedó en el olvido.

El doctor Elmrys miró confundido y triste a la enfermera Leire, quien era su mano derecha, y se había convertido en su mejor amiga. "No entiendo qué pasó aquí. De lo que pude escuchar, vino un loco mientras estábamos en el parto de Helen y comenzó a derribar a todo guardia que se atravesaba; me cuesta creer que haya tanta maldad, ¿qué tipo de Dios permite que suceda algo así...?"

"Que coincidencia, el día que siente más paz en un cuarto, sintió a Dios, y más tarde encuentra la maldad en el mundo entero y ya no cree en él. ¿Qué significa eso?" cuestionó Leire, con una sonrisa.

El doctor Elmrys, al ver esa sonrisa y pensando en lo que le decía Leire, le dijo: "Yo no creo en las coincidencias, simplemente la vida es injusta. Nunca se olvide que, si yo le salvo la vida a alguien se lo agradecen a Dios, y si el paciente se muere siempre será culpa del doctor."

Desde su habitación, Helen se preguntaba a ratos qué era todo ese ruido que se escuchaba afuera; pero cuando veía a su bebé mirándola con esos pequeños ojos azules que había heredado de ella, se olvidaba del mundo entero. La madre miró al nuevo padre y le preguntó "Josune... ¿quisieras cargar a tu hijo?" Sin pensarlo dos veces, pero muy nervioso, él le dijo que sí.

Mientras sostenía a su hijo en brazos, Josune empezó a hablarle: "Eloy, sé que eres sólo un bebé, pero por favor no olvides nunca lo que voy a decirte..." La madre sonrió y le dijo "¡Qué dices, Josune, pero ni siquiera te va a entender... es tan sólo un bebé, que escucha tus palabras como si fueran una melodía sin letra!"

"Es que yo le quiero expresar algo para que nunca lo olvide, para que lo ayude a definirse como persona," dijo Josune.

"Entonces díselo y yo lo escribiré aquí en este libro en blanco." Helen sacó de su cartera un curioso libro de apariencia antigua. "Así lo tendrá de recuerdo toda su vida."

"¿Un libro de páginas en blanco? ¿De dónde lo sacaste?"

"Josune, algún día te cuento esa historia, por el momento déjame escribirle lo que quieras decirle. Voy a anotarlo en la primera página."

Josune pensó unos instantes, y luego le dictó la siguiente leyenda:

"Nada es imposible; todo se puede hacer."

Y Helen lo escribió.

Durante la tarde, después de tanta felicidad en el cuarto, y tantos problemas con el trágico acontecimiento del hospital, el doctor Elmrys decidió ir a visitar al pequeño Eloy y su madre, para ver que todo estuviera en orden.

En el momento en que el doctor entró al cuarto con Leire, Josune se le acercó para decirle: "Verdaderamente le agradezco un mundo que mi hijo haya nacido en tan buenas manos." El doctor miró a la enfermera, mientras ésta le susurraba: "Si ya es hora de creer en coincidencias, ya es hora de comenzar en creer en alguien más." El doctor sonrió.

De pronto, Josune sintió una punzada en el estómago. Se dio cuenta de que ya era tarde, y recordó que no había almorzado. El doctor le recomendó algunas opciones de restaurantes cerca del hospital, y Josune optó por ir a comprar algo de comer a un lugar italiano que quedaba a unas seis cuadras. Era un hombre bastante atlético, acostumbrado al ejercicio físico, y una caminata vigorosa le vendría bien. "¿Por qué no lo acompañas, Leire? Tampoco has comido nada, y tu turno está por finalizar." La enfermera accedió. "De acuerdo. Sólo necesito terminar de llenar unos formularios, que me tomarán unos 20 minutos. Yo lo alcanzo."

Una vez fuera del hospital y antes de llegar a su destino, Josune escuchó un ruido a sus espaldas, como el crujido de hojas de otoño bajo sus pies. Miró hacia atrás y se encontró cara a cara con Floyd, que lo había estado siguiendo impacientemente.

Floyd lo agarró del cuello y lo levantó con una sola mano, apresándolo contra la pared. Josune, asustado, intentó zafarse con toda su fuerza, sin conseguirlo. "Quiero contarte una historia", le dijo Floyd, mirándolo fijamente a los ojos.

"Dos ejércitos pelearán, en cada ejercito habrá un comandante y cuatro que lo seguirán. De un ejército el comandante ordenará y los cuatro liderarán. Uno de esos cuatro una terrible historia tendrá. Los otros dos una gran cicatriz en su brazo derecho mostrarán, uno de estos dos será el peor, y el cuarto es el ángel que representa a la muerte. En el otro ejército el comandante atacará, y el problema es el principio que dejará y los cuatro con caballos a todos levantarán, y esta guerra hay que evitar, porque después de esto uno solo quedará"

Josune pensó que estaba siendo atacado por un demente asesino. No entendía nada de lo que le decía este tipo de desagradable aspecto. Así que decidió mostrarle que no tenía miedo. Pensó que era mejor no enfrentarlo, sino intentar calmarlo.

"¿Y qué tiene que ver esta historia conmigo?" dijo Josune "¿De dónde has salido tú con tus visiones extrañas? Me asustaste al comienzo; pero veo que no tengo que preocuparme por ti."

"Sí tienes que asustarte, yo fui el que estuvo en el hospital, hace unas horas, y quise llegar a ti... pero sentí la presencia del que me sigue, y tuve que escapar".

"¿Tú mataste a toda esa gente en el hospital?" preguntó Josune.

Floyd no contestó.

"¿Quién es ese que te sigue?"

"Él está en el hospital, buscándome para terminar lo que comenzó, no puedo dejar que me atrape, no aquí. Escúchame bien, la *próxima* vez que nos veamos va a ser la *primera* vez que te conozca y créeme, nada bueno pasará ahí."

"Todavía no entiendo qué quieres conmigo."

Con un gesto burlón en su desfigurado rostro, Floyd puso su mano sobre la cara de Josune, y éste sintió una fuerte energía, acompañada de un dolor intenso que lo hizo gritar.

Luego Floyd lo soltó, y mientras se desvanecía en la oscuridad del callejón, con una sonrisa maligna, le contestó:

"Contigo no; con tu hijo".

Minutos más tarde, la enfermera Leire llegó a la calle donde estaba Josune tirado en el suelo. Parecía estar muerto, pero al revisar sus signos vitales, supo que todavía podía ayudarlo. Llamó a la emergencia desde su celular, y en menos de 4 minutos llegaron los paramédicos con la camilla para llevarlo al hospital del doctor Elmrys. Josune estaba inconsciente, con serias heridas en los ojos, pero seguía con vida.

Mientras tanto, en su habitación, Helen intentaba alimentar al pequeño Eloy. Leire entró muy seria, la miró y le dijo: "Helen, Josune acaba de entrar al hospital." Helen dijo: "Ya era hora... pensé que había ido a comprar comida, no a sembrarla. Por favor dile que venga, que lo estamos esperando..." Leire la interrumpió nuevamente: "Josune fue ingresado como un paciente; está verdaderamente herido. Al parecer fue atacado a unas cuatro cuadras de aquí". Helen se paró con dificultad de la cama, muy asustada: "¿Qué le pasa? ¿qué tiene?" En ese momento, el doctor Elmrys entró a la habitación; tenía una sombra de amargura en sus ojos grises.

"Helen... acabo de revisar a Josune. Ya está estable y se repondrá. Le he salvado los ojos, pero al parecer ha perdido la vista. Dentro de un par de horas podrás verlo. Lo siento tanto..." dijo el doctor Elmrys, lleno de culpa.

Helen esperó a que el doctor la dejara a solas con su hijo, y empezó a llorar, desconsolada. No entendía cómo podían entrar en su pecho tantas emociones contradictorias. Después de unas horas se tranquilizó, y luego de dejar al pequeño Eloy encargado a una de las enfermeras, se dirigió hacia donde estaba Josune. Al ver que estaba mejor, le preguntó lo que había pasado. Él, dirigiendo su cara hacia ella, aunque sin poder ver nada, le contó lo que recordaba de lo sucedido. Inmediatamente, como una loca, Helen corrió a ver a su hijo, y se lo llevó con ella a donde estaba su padre, para protegerlo. Cuando Josune los escuchó entrar, dirigiendo su cara hacia arriba le dijo a Helen:

"No podré ver, pero siempre lo cuidaré." Agarró la mano del pequeño Eloy, y al girar su cabeza hacia el niño, se detuvo durante un buen rato, en silencio, como desconcertado.

"¿Qué te pasa Josune?", preguntó Helen al ver la actitud de su marido. Sin responder, Josune llevó sus manos temblorosas hacia su cara y empezó a retirarse las vendas de los ojos, mientras mantenía su cabeza en dirección a Eloy. Helen, desesperada, intentaba disuadirlo. "Josune, ¿qué haces? ¡Déjate las vendas, te vas a lastimar!"

"Helen, no vas a creer esto, pero... puedo ver al niño; lo veo como una silueta de luz blanca", dijo Josune, sin salir de su asombro.

"¿Cómo puedes verlo, si estás ciego? Es imposible." replicó Helen. Josune le respondió:

"No lo sé Helen. Pero lo veo a él. Sólo a él."

CAPITULO 2

Las puertas del vagón volvieron a cerrarse, luego del apresurado intercambio de pasajeros entre la plataforma gélida y el atestado interior, y el metro siguió su camino hacia el oeste de la ciudad de Nueva York, con un quejido sordo. Eran poco más de las 8:00 am, y Helen notó con un dejo de preocupación que aún no había amanecido.

Josune estaba enfrascado mirando la silueta de luz del pequeño Eloy, en su cochecito, quien a sus siete meses ya hacía todos los movimientos y juegos correspondientes a su edad. Con aire distraído le preguntó a su esposa en voz demasiado alta: "Yo estoy convencido de que él es especial."

"Claro que sí, todo hijo lo es para sus padres," respondió Helen aparentando naturalidad, mientras hundía su codo en las costillas de Josune para recordarle que habían acordado mantener la peculiar característica de su hijo entre ellos, y no compartirla con el resto del mundo.

"No es eso a lo que me refiero," dijo Josune, en un susurro. La estrategia del codazo nunca fallaba.

"Entonces ¿qué tratas de decir?" susurró ella a su vez.

"Tú sabes lo que te trato de decir, te he hecho la misma pregunta durante siete meses."

"¿Y qué te hace pensar que voy a tener una respuesta diferente hoy? Yo creo que lo que verdaderamente te quieres preguntar es si tú eres especial también."

"Sí me lo he cuestionado en algunas ocasiones, pero he estado pensando lo que pasó ese día en el hospital, el día del nacimiento de Eloy. Todo lo que pasó fue muy raro, comenzando por ese loco que hablaba cosas incoherentes, y me dejó ciego, después de matar a esa pobre gente. Pero lo que no entiendo es, ¿por qué lo veo?, ¿por qué puedo ver a mi hijo?"

Helen recordó que no había sido fácil para ella creerle a su esposo. Había sido para ellos un arduo proceso adaptarse a la nueva situación de Josune; él aún estaba aprendiendo a desenvolverse, y necesitaba ayuda para realizar las más sencillas tareas cotidianas, lo cual era muy poco conveniente considerando que tenían un recién nacido en casa. Pero sus dudas se despejaron al ver que cada vez que ella había llevado al niño a otra habitación para cambiarlo o alimentarlo, él siempre sabía dónde encontrarlo, aunque no estuviera haciendo ruido alguno. En ese momento, el pequeño Eloy movió su mano hacia su padre, y Josune se la estrechó. Helen creía que existía entre ellos un vínculo muy especial.

"¿Es nuestro niño en serio... diferente?" insistió Josune.

"No lo sé, verdaderamente no lo sé", respondió Helen, algo exasperada. Pero su impaciencia se convirtió en emoción cuando se dio cuenta del lugar donde se había detenido el metro. "¡Llegamos! Esta es nuestra parada... Ya estamos muy cerca de nuestro nuevo departamento."

Josune sonrió, pensando en lo alegre y optimista que era su esposa. Desde el momento en que Helen vio el departamento, estaba decidida a que fuera de ellos. El mes anterior, ella lo había convencido para ir muy temprano, para lograr ser los primeros en entrevistarse con el arrendatario. Éste se había quedado encantado con la joven familia, en especial el pequeño Eloy, y los había llamado una semana después para firmar los documentos finales, y coordinar el pago. Habían convenido en hacer la entrega de las llaves en la mañana del 14 de febrero. "Sé que estaremos cómodos y seguros ahí" afirmó.

"Según lo que me contaste, alguien quería hacerle daño a Eloy, pero veo que en siete meses no ha pasado nada... no creo que deberíamos angustiarnos, pero sí estar alerta," dijo Helen.

"Siempre alerta," confirmó Josune.

Al salir de la estación del metro, los recibió la brisa helada de invierno. Helen acomodó bien la cobija azul en el cochecito de Eloy, para protegerlo del frío. Las luces de la calle seguían encendidas, y el cielo seguía oscuro. "Josune, todavía no ha amanecido," dijo Helen. La gente parecía percatarse cada vez más del tema. Unos miraban al cielo con insistencia, como si pudieran hacer salir al sol con la fuerza de su pensamiento; otros, se detenían ante los televisores en las vitrinas de los locales comerciales, para ver si en las noticias matutinas podían encontrar la explicación de este extraño acontecimiento. Josune, guiado por la costumbre, levantó la mirada al cielo, buscando el sol, pero no pudo ver nada. Bajó su mirada y siguió caminando junto a su esposa, mientras escuchaba a algún experto alegando en las noticias que esta anomalía sí podía tener una explicación lógica.

Luego de caminar un par de cuadras, llegaron al edificio de su nuevo departamento. Después de saludar cordialmente al arrendatario en el lobby, éste les entregó las llaves con una sonrisa. "Sé que serán muy felices aquí", afirmó, a modo de despedida.

Mientras subían en el ascensor hasta el piso 7, Josune comenzó a sentir una extraña ligereza, y sus piernas empezaron a temblar. De repente, cayó al suelo, sacudido por fuertes convulsiones. Empezó a ver tras sus párpados una luz roja opaca, como la sangre, atravesada de arriba abajo por miles de rayas blancas y negras, y comenzó a visualizar siluetas humanas, en movimiento constante. Desesperado, comenzó a gritar: "¡Helen! ¿Dónde estás? ¿Helen?"

Helen, muy asustada, tenía a su hijo en brazos, envuelto en su cobija azul. Se arrodilló y sujetó a Josune de la cabeza. Josune seguía agitándose, y en uno de esos violentos movimientos empujó a Helen con tanta fuerza que hizo que ésta soltara al niño de sus brazos por un segundo. Eloy estaba cayendo al piso cuando en un acto reflejo, su madre alcanzó a agarrar la sábana azul, salvando al pequeño Eloy de un fuerte golpe. En ese momento, un destello azul tan fuerte como un rayo, llenó el ascensor, dejándolos a todos ciegos por su luminosidad. Hasta Josune pudo percibir este resplandor azul.

Helen preguntó: "¿Estás bien? ¿Qué fue esa explosión? ¡Eloy! ¿estás bien? ¡mi pobre pequeño!" Helen estaba muy contrariada y confundida, y Josune, quien ya se había quedado quieto y empezaba a recobrar la consciencia, ponderaba en silencio lo que acababa de pasar.

Mientras Helen acariciaba la cabeza del bebé, se dio cuenta de que algo había cambiado en el pequeño.

"Josune, el bebé tiene ojos azules."

"Claro Helen, tiene tus ojos… eso lo vimos el mismo día en que nació. ¿Por qué lo mencionas ahora?"

"Sí, pero ahora los veo diferentes, no como cuando nació, no es el azul grisáceo de mis ojos… es un azul eléctrico, como el de ese rayo azul…"

Josune la interrumpió: "¿Tú también viste el rayo azul? ¿Y las imágenes blancas y negras en ese fondo rojo como lluvia de sangre?"

"No, no vi ninguna imagen… ¿de qué hablas? Sólo sé que empezaste a convulsionar como loco y a mi casi se me cae el niño, y luego sentí la explosión de ese rayo azul. Y ahora los ojos de Eloy cambiaron de color, casualmente al mismo color del rayo azul. No entiendo qué pasa, pero definitivamente algo extraño está pasando. Vamos al departamento para que te acuestes y me cuentes sobre esas imágenes que viste."

Una vez en el departamento, Josune recibió una llamada de la compañía de mudanzas que habían contratado. Ya habían llegado al edificio con sus cosas. En los rostros de los empleados que subieron los muebles y las cajas, se notaba la confusión y el miedo por la persistente oscuridad. Luego de darles una generosa propina, y cerrar la puerta tras ellos, Helen acostó al bebé en su cuarto para que durmiera una siesta. Luego, ella y su esposo comenzaron a analizar lo sucedido. Llegaron a la conclusión de que el pequeño Eloy era más especial de lo que ellos estaban dispuestos a admitir. Concluyeron también que los acontecimientos sucedidos en el ascensor eran un mensaje del universo de que algo nuevo estaba pasando, algo estaba cambiando. Y los padres de Eloy comenzaron a sentir miedo.

Después de esto, tomaron la decisión de quedarse en el departamento organizando sus cosas, y no salir hasta ver qué estaba pasando. Eran alrededor de las diez de la mañana del 14 de febrero de 2001. Josune tomó una caja que contenía juguetes de su hijo y se dirigió con ella al cuarto de Eloy. En cuanto entró, se dio cuenta de que el pequeño no estaba solo. Había dos cuerpos luminosos a los lados del niño. Uno de ellos se volteó hacia Josune y muy pausadamente caminó hacia él. Josune vio como de la silueta salían dos alas de luz, y completamente paralizado escuchó:

"Nada es imposible. Todo se puede hacer"

Inmediatamente Josune recordó esas palabras, que él mismo había recitado en el día del nacimiento de Eloy. Se cuestionó si aquello era demasiada coincidencia y pensó: "¿Será posible que estos dos seres siempre estuvieron ahí y que estas palabras fueron una inspiración divina?"

Mirando a los seres luminosos Josune les preguntó:

"¿Quiénes son? ¿Qué hacen aquí?"

Éstos no respondieron.

"¿QUIÉNES SON, Y QUÉ HACEN AQUÍ?" repitió, desesperado.

Helen al escuchar los gritos corrió hacia la habitación y encontró a Josune hablando en dirección a la cuna del pequeño.

"¿Qué pasa, Josune?" preguntó Helen, preocupada. Fue hasta la cuna y tomó en sus brazos al pequeño Eloy.

Josune, al escucharla llegar, le dijo: "Helen, dime ¿a quién ves? ¿Qué ves? ¿Qué pasa?"

El ser luminoso con forma de ángel se elevó ligeramente, y tocó los ojos de Josune. Él cayó nuevamente al suelo, convulsionando, ante los asustados gritos de Helen. Una vez más aparecieron ante los párpados cerrados de Josune las extrañas visiones, separadas entre sí por una pared negra, roja y blanca, como una lluvia de nieve y sangre en la noche. Josune tuvo siete visiones en total.

En la Primera, vio una gran cruz en el cielo y cientos de aviones de guerra sobrevolando la tierra, donde miles de personas peleaban y se mataban. Al desaparecer esta visión, surgió la tétrica pared.

En la Segunda visión, logró percibir a cuatro personas alineadas una junto a otra, suspendidas en el aire. La primera era un hombre de ojos y cabello blancos, vestido del mismo color; tenía el pelo largo y una mirada profunda. El segundo tenía pelo gris plateado corto, ojos negros y vestía una camiseta negra y botas negras, y un pantalón militar camuflado. En su brazo derecho, ostentaba una cicatriz. El tercero era un hombre de pelo negro, y ojos de un azul intenso, con un gesto muy serio. Vestía una camiseta negra y blue jeans con botas negras, y sus manos brillaban como si estuvieran listas para disparar rayos de energía. Éste también mostraba una cicatriz en el brazo derecho. El cuarto tenía una capucha azul, bajo la que brillaban sus ojos de un verde intenso; sostenía una lanza en sus manos. Estos cuatro seres estaban frente a un gran ejército liderado por cuatro jinetes, que también flotaban en el aire.

La pared roja, negra y blanca volvió a presentarse, esta vez con dos triángulos metálicos del mismo tamaño, uno dorado y uno plateado.

En la tercera visión, apareció un ángel con un ejército en los cielos, aniquilando a cada ser humano que lograba ver.

De nuevo apareció la pared, esta vez con dos cuadrados, uno blanco y uno negro.

En la cuarta visión, se encontró con una gran silueta oscura, sentada en un altar ubicado en una gran torre. Alrededor de esta torre había seis torres más, bastante más pequeñas que la del centro.

Después de esta visión, la pared apareció de nuevo, y esta vez Josune logró ver tres círculos. Las visiones eran progresivamente más confusas y abstractas, y más difíciles de comprender.

En la quinta visión vio una lanza y un escudo iluminados, rodeados de total oscuridad.

La pared apareció de nuevo, y esta vez formó cuatro cuadrados.

En la sexta visión vio un campo desierto, plagado de cadáveres; enseguida, una oscuridad profunda, y al final una luz, que latía cada vez más fuerte.

La pared apareció de nuevo. Esta vez formó un cuadrado luminoso, que se dividió en cuatro triángulos.

En la séptima visión, vio algo que no pudo comprender; millones de puntos de luz sobre la oscuridad, algo parecido a las estrellas alrededor del universo, en constante movimiento.

La pared apareció una última vez formando tres círculos ubicados en forma de pirámide, que rotaban en el sentido del reloj.

De pronto cesaron las visiones, y Josune, agotado, se quedó profundamente dormido.

Helen, aliviada de que las convulsiones se hubieran detenido, lo dejó dormir y se dedicó a arreglar su departamento. Mientras colgaba las cortinas de la sala, echó un vistazo al edificio vecino, y vio una pareja mirando hacia su ventana. Helen los ignoró y siguió trabajando; pero de vez en cuando los veía de reojo, y se encontraba con que ellos seguían mirándola fijamente, sin moverse. Luego de un rato, cuando ya se sentía bastante incómoda con la curiosidad de sus vecinos, decidió saludarlos con la mano, a ver cómo reaccionaban. La pareja le regresó el saludo. Helen sonrió débilmente y se alejó de la ventana.

Horas más tarde Josune abrió sus ojos, pero esta vez sólo pudo ver la luz procedente de la silueta de su hijo. Los seres luminosos habían desaparecido. Eran alrededor de las tres de la tarde, y seguían en completa oscuridad. Josune llamó a Helen, que estaba terminando de arreglar los libros en la estantería de la sala.

"¡Qué bueno que ya despertaste! Me tenías preocupada... ¿cómo te sientes?"

"Bien, supongo... me duele un poco la cabeza. ¿Dónde están las aspirinas? ¿Siguen en una de las cajas de la mudanza?"

"No querido, están en el espejo del baño... mientras dormías ya casi termino de organizar todo en el departamento. Por cierto, son las tres de la tarde y todavía no amanece. Y ahora sí cuéntame qué fue lo que te pasó... sino voy a creer que todo fue una excusa para no ayudarme a ordenar las cosas."

"Quizás lo que pasó está relacionado con la oscuridad", dijo Josune.

"En las noticias dicen que es algo raro, pero que pasa cada cierta cantidad de años, y que no hay que preocuparse. Lo que me tiene consternada es ¿por qué gritabas? ¿qué te estaba pasando?" le cuestionó Helen.

"Necesito que escribas todo lo que te voy a decir, es muy importante. Vi una especie de visión que tenía mucha relación con lo que me dijo el tipo que me quitó la vista."

Helen tomó el libro de páginas vacías y en la tercera página comenzó a tomar nota. Mientras escribía, se sorprendía de todo lo que le estaba contando, de los seres luminosos, de las siete visiones, de las figuras geométricas, de la luz, de la oscuridad, pero ya estaba registrando todo. Mientras escribía y escribía, intuía que esto cada vez iba a ser más complicado, y una vez que terminó, le pidió a Josune que la ayudara a organizar los libros de la estantería.

En eso se encontraban cuando fueron interrumpidos por el timbre. Helen se sobresaltó, y antes de abrir la puerta puso el libro de las visiones en una caja fuerte pequeña, donde guardaban sus documentos y cosas más importantes. Fue a abrir la puerta de la casa, y se encontró a la pareja que la había estado mirando por la ventana. Ella era de estatura baja, menuda, con rasgos finos y piel muy blanca, casi translúcida. Estaba notoriamente embarazada, y por el tamaño de su barriga, parecía que iba dar a luz en cualquier momento. Su ropa era demasiado colorida para el gusto de Helen, y llevaba su pelo negro peinado en dos moños a los lados de la cabeza. Él era bastante más alto que ella, delgado y taciturno, con el pelo corto y de color blanco.

Ella la saludó diciendo: "Hola, soy Delmy y él es mi esposo Wilus, y tenemos mucho que conversar. Estamos viviendo en el edificio de al frente, en el piso siete."

"Hola, mucho gusto, soy Helen, y mi esposo se llama Josune, pero en este momento está descansando y..."

"Nosotros sabemos por lo que están pasando. Bueno, verdaderamente tenemos una idea, de lo que me han contado, y creemos que podemos ayudarlos", dijo Delmy.

"¿Cómo? ¿A qué te refieres?"

Delmy la miró fijamente a los ojos y le dijo: "Tenemos mucho de qué hablar; como te habrás dado cuenta, yo estoy embarazada, y "la voz" me informó que ustedes llegaban hoy, y pronto llegarán más."

"¿Qué voz?" Helen ya estaba comenzando a asustarse.

A lo que Delmy respondió: "Aquella voz que siempre me habla, cuando no hay nadie en la habitación."

Made in the USA
Columbia, SC
31 August 2022

66267196R00059